U0113876

后浪

不确定宣言

不可救药的戈比诺

[法] 费德里克·帕雅克——著

晨枫——译

四川文艺出版社

图书在版编目（CIP）数据

不确定宣言.不可救药的戈比诺/（法）费德里克·
帕雅克著;晨枫译.-- 成都:四川文艺出版社,
2023.4（2023.6重印）
　ISBN 978-7-5411-6514-6

Ⅰ.①不… Ⅱ.①费… ②晨… Ⅲ.①传记小说—法
国—现代 Ⅳ.① I565.45

中国国家版本馆 CIP 数据核字 (2023) 第 028022 号

MANIFESTE INCERTAIN VOLUME 4, by Frédéric Pajak

© 2015 Noir sur Blanc, Lausanne

Text translated into Simplified Chinese © 2023 Ginkgo (Shanghai) Book Co., Ltd

This copy in Simplified Chinese can be distributed throughout The World, hereby excluding Hong Kong, Taiwan and Macau.

Simplified Chinese language edition published by arrangement with Noir sur Blanc, through The Grayhawk Agency

本书简体中文版权归属于银杏树下（上海）图书有限责任公司
版权登记号：图进字 21-2022-431 号

BUQUEDING XUANYAN: BUKEJIUYAO DE GEBINUO
不确定宣言：不可救药的戈比诺
［法］费德里克·帕雅克 著
晨枫 译

出 品 人	谭清洁
选题策划	**后浪出版公司**
出版统筹	吴兴元
编辑统筹	周 茜
责任编辑	李国亮　王梓画
特约编辑	雷淑容　张朝虎
责任校对	段 敏
装帧制造	墨白空间·杨阳
营销推广	ONEBOOK

出版发行　四川文艺出版社（成都市锦江区三色路 238 号）
网　　址　www.scwys.com
电　　话　028-86361781（编辑部）

印　　刷　天津图文方嘉印刷有限公司

成品尺寸	172mm×240mm	开　本	16 开
印　张	13.5	字　数	95 千字
版　次	2023 年 4 月第一版	印　次	2023 年 6 月第二次印刷
书　号	ISBN 978-7-5411-6514-6	定　价	68.00 元

目 录

前　言

　　我是个小孩，大约十岁。我梦想写一本书，把文字和图画混杂在一起。一些历险，一些零碎的回忆，一些警句格言，一些幽灵，一些被遗忘的英雄，一些树木，以及怒涛汹涌的大海。我积攒着句子与素描，晚上，星期四下午，尤其是犯咽炎和支气管炎的日子，独自一人在家里，自由自在。我已经写画了厚厚的一沓，却又很快把它们毁掉。书每天都在死去。

　　我十六岁。我进了美术学校，我很烦闷。六个月后，我离开了那里，毅然决然。我烧掉全部画作：它们不像是我所梦想的书。

　　我成了国际列车卧铺车厢的列车员。那本书突然就于深夜出现在了一列火车中，那是在跟一个彻夜无眠的旅客好几个小时的闲聊之后。凌晨，在罗马火车站附近的一个咖啡馆里，我有了这个题目："不确定宣言"[1]。在那个时代，意识形态到处存在，左派分子，法西斯分子，各种确定性在一个个脑袋里打架。意大利受到种种恐怖袭击的威胁，大家都认定是无政府主义者干的，实际上却是秘密警察所操纵的新法西斯主义者小团体干的。而他们的资助者呢？有人说是基督教民主党的高层，有人说是共济会的宣传二处[2]，甚至还有人说是美国的中央情报局。彻头彻尾的一派大混乱。在工厂中，工人全面自治已成为日常秩序。所有的政党都焦虑不安。如何让工人阶级闭上嘴？恐怖主义显然成了反对乌托邦的最佳药方。

　　在一份小报上，我发表了一篇很短的故事，它的题目就已经叫作《不确定宣言》了，那是一种以青春过失为形式的模糊尝试。那时候我住在瑞士。我离开了瑞士，我一个人去巴黎郊区的萨尔塞勒过暑假。在这个整个八月都是一片荒凉的小城镇中，在一个塔楼群的脚下，有一家酒吧，那是街区中的唯一一家酒吧。去酒吧的只有北非人。和他们有一些接触之后，我就下定决心立刻前往阿尔及利亚，去寻找我的《宣言》。不过，那却是另外一个故事了。那时候，我的书重新成形，也就是说，它重新形成为一篇枯燥乏味的草稿：那是一个孤独者的精神状态，对爱恋之苦的抽象报复，对意识形态、时代氛围、逝去时光的哀号。

我在巴黎安顿了下来，住在皮加尔街 42 号的顶层楼上，一间小小的两居室。始终孤单一人，没有女人，没有朋友。一年的孤独、悲惨。我没有钱，没有工作。我想尽办法发表绘画作品，但遭到所有报刊编辑的拒绝："商业价值不够。"这一理由，我将会反复听到，在巴黎，在欧洲，尤其在我将去生活一段时期的美国。我成了乞丐，好几次。所有金钱关系都是反人性的罪恶。

我用中国墨来画画，但我也用水粉颜料来表现长着人类身子的怪鸟，它们踩着滑雪板，在小小的公寓中要飞起来。我写一些很短的叙事作品，有时候短得仅仅只有几行。我毁了一切。《宣言》在没完没了地死去。

一年又一年过去，我四十岁了。我在一家出版社出了第一本书。这是一次惨败："商业价值不够。"四年后，又出版了一本新书，然后，新书接二连三地出版，奇迹般地畅销。它们每一本都是重新找回《宣言》的一种尝试，但是，每一本都与它失之交臂。于是，我重拾《宣言》，我隐隐约约地知道，这事情根本就没有完结。我拾取好几百页的笔记本：报纸的片段，回忆文字，阅读笔记。然后，一幅幅图画积累起来。它们如同档案馆的图像：复制的旧照片，照着大自然临摹的风景，种种奇思妙想。它们经历着各自的生命，却什么都不阐明，或者只是阐述一种模糊的情感。它们进入图画盒，而在那里，它们的命运还不确定。对于字词也是同样，小小的微火，就像黑色书页上的洞。然而，它们凌乱地向前，贴到突然出现的图画上，形成一些到处凸现的、由一旦借到便永不归还的话语构成的片段。伊西多尔·杜卡斯[3]写道："剽窃是必需的。进步要求剽窃。它紧紧地抓住一个作者的句子，采用他的表达法，抹去一个错误的想法，代之以正确的想法。"这话说得英明至极。瓦尔特·本雅明[4]说得也同样精彩："我作品中摘录的语句就像是拦路抢劫的绿林强盗，它们全副武装地从斜刺里杀出，把闲逛者所相信的一切都夺走。"我们总是要借用别人的眼睛，才会看得最清楚。为了更好地说出痛苦与怜悯，基督与圣母被世人抄袭和剽窃多少遍？

孩提时代，我在书本的梦幻中寄放了后来将成为回忆的东西。而现在，我依然有强烈的历史感，在学校的长椅上，我清楚地听到了奴隶们在雅典街道上的哀叹，战败者从战场上走出来时的悲号。但是，历史在别处。历史是学不会的。历史是整个社会都必须体验的，不然就会被抹去的一种情感。战后的一代人因为重建了世界而失去了历史的线条。没错，他们是重建了世界，他们也让和平降临在大地上，宛如长长的一声叹息过后，就忘却了苦难的时代。现在，我们还生活在这和平的残余中，而正是带着这些残余，我们即兴创造一个社会，一个抹去了以往许多社会的社会，一个没有了记忆的社会，就像那个美国社会，它为我们规定了要哪一种和平，至少是规定了和平的面具。今天的和平是完全相对的，因为它靠那些发生在远方的、地区性的战争滋养着，而那些战争与我们拉开了距离，体现出令人绝望的种种景象。

但是，有另一种战争在啃噬着我们，却从来没有正式爆发过：这就是"使时间消失的时间战争"，是由一种现在时态所进行的战争，而它被剥离了过去，并被粉碎在不可信的、灿烂的或幻灭的未来之中。现在时态失去了过去时态的在场，但过去时态并不因此而彻底消失——它延续在回忆的状态中，一种无生气的，被剥夺了话语、物质以及现实的回忆。现在时态把时间变成了一种空洞的时间，悬浮在一种根本找不到的历史之中，而这空洞充满了一切，并展开在一切可能的空间中。或许正是因为这空洞的自我完成，某种东西才会突然出现，就仿佛那消逝的时间应该让位给另一种时间，一种前所未有的时间。从此，被冠以"现代性"之名的现在时态就有了完成生命进程的可能性。或者不如说：现在时态应该不惜一切代价地插入到它那重构的过去，以免让自己沦落到被遗忘的境地。这是哲学家科斯塔斯·帕帕约阿努[5]的郑重警告："现代性正是以一种纯粹而又专一的人类经验的名义，肯定了现在对过去的优先权。人类时间明确地脱离了物理或生理时间的支配。它不再按照天体运转或者生命循环的样子，描画出一个圆圈的形象。它从自然中摆脱出来，解放出来，它所包含的只有对物质上的那些新因素的唯一承诺：它所传达给意识的，再也不是星辰与季节那永恒不变的秩序，而是简化为人的自身、人的孤独、人的未完成状态的形象。"

历史总是愚弄我们，因为事后证明它总是有道理的。它可以完美地变成一出反对现代性和科学的开放式战争戏剧，而科学全然在它的统治之下——正如威廉·福克纳[6]所说，科学是一张"不可亲吻的危险的嘴"。

以碎片化的方式，唤回被抹去的历史和对时间的战争，这就是我创作《宣言》的目的。本卷由此开启，而其他各卷将以不确定的方式展开。

盘中餐

"美食"这个词从希腊语中复活了：法国人听着备感甜蜜，只消读出，尚未被理解，就足以让所有人脸上露出欢笑。

——布里亚 – 萨瓦兰[7]，《味觉生理学》

我小时候吃得很差。大量煮过头的意大利面、可怜巴巴的米饭、裹着面包渣的炸鱼条和速冻菠菜，这些我在寄宿学校的食堂里没少吃。父亲过世后，由于我是长子，我经常为弟弟和妹妹做饭。每天洗同样的色拉叶，做同样的饭菜，煮同样的面条，真是件苦差事。星期六，我们吃鞑靼牛排。那简直就是过节了。所以我是在对烹调懵懂无知的状态下长大的。

我一离开家，也就是在很年轻的时候，就开始对烹饪感兴趣。我阅读手册中最基本的法国美食菜谱，一板一眼地按照要求做，遵守调料、烹调方法和烹饪时间。我懂得了烹制小牛肉所需的简单的天才之举。没有即兴发挥的空间。酱汁既简单又讲究，奶油和蛋黄要一滴一滴地加入调味汁中。白葡萄酒和柠檬应该几乎尝不出来。

我对奶奶传给我的菜谱情有独钟，她把秘诀传授给了我：杜菲诺烤土豆、勃艮第红酒炖牛肉、猎人汁兔肉、红酒焖鸡、卡斯泰尔诺达里的黄焖鸭、萝卜炖羊肉、普罗旺斯炖鱼、地中海炖菜、普罗旺斯炖肉、普罗旺斯蒜蓉酱、馅料、洛林蛋饼、阿尔萨斯土豆炖肉、德国酸菜[8]。

我常年在法国各地旅行，在旅馆里住宿，在餐厅里吃饭：所谓的法国菜并非上乘，我郁闷，抱怨不已。菜盘既令人失望又有仪式感，华丽的外表遮掩了乏味。我们在里昂、利摩日、佩皮尼昂或瑟堡吃的都一样。菜单上鲜有遵从各地区传统做法的食谱。我为此默哀。在居民家里，这些食谱多少延续了下去。

我根据菜肴来评判一个民族。其他如习俗、宗教、政治，与我无关。与成功的菜谱相比，观点和伟大的情感又有什么价值？

有人民必有民间美食。只有来自人民的美食才令人钦佩。我特别受不了那些新菜谱或"改良"菜谱，还有所有那些在电视上炫耀的伪烹饪。一些厨师把自己打扮成主持人，曲意逢迎那些味蕾怪异的、可悲的主顾，而这些客户又反过来以奉承他们作为回报。还有什么能比进入一个闷热的新式餐厅更令人不快的呢？那里的墙上挂着浮夸的画作，家具和餐具都由虚荣的设计师重新设计。国际化的背景音乐——"声毯"——填补了客人两句闲谈之间的沉默。根据吃货也可以评价一个民族。

半个世纪前，在法国外省，吃的可不像今天这么糟糕。在人们胃口大开的那些星期天，可以吹嘘面前的肉嬉戏跳跃过，鱼在水中游过，蔬菜在野外招展过。当时有一种烹饪文化。没有快餐这回事。也没有食品工业。我们吃的是食物。

现在我们谈论的是"美食"。星级厨师们放开胆子竞争：可食用的花、讲究的酱汁、即时烹饪、分子调酒。浮华的美食遮掩着大面积的平庸。在超市、普通餐馆和食堂，垃圾食品不断升级：蓄电池、箱子、温室培育的食物在超大的罐子里混合，倒进通道里，用塑料、纸箱和锡纸包装。食物越来越有毒，越来越不可控，不受约束。这是一场全球范围内肉类、鱼类、水果和蔬菜、面条、谷物的大混战，食品来来往往，来源混杂。"可追溯性"是个新词，是最终的幻想。食品经过旅行是为了以最低价格出售。一种食品如果不是来自世界另一端，肯定会贵得离谱。在法国，我们吃的肉是外国的，来自德国、英国或阿根廷。我们吃的是罗马尼亚马肉。而卡芒贝尔奶酪则用波兰牛奶制成。

要说鱼，最好无臭无味，这样各大洲的香料和调料都适用。我们进口太平洋的比目鱼或越南的巨鲇，还有来源不明的混种鱼。在混乱的全球大杂烩中，所有从飞机、货船或卡车卸下的东西都变得可疑。汞、二噁英、乙氧基喹啉、抗生素和杀虫剂：一方面是大规模的食物中毒；另一方面是对灾难的无视，是美食令人眼花缭乱、蓬勃发展。从价格上看，这种美食必然是精英式的，虽然在特殊情况下，普通人也会斗胆在星级厨师那里消费一个晚上。然而，并非所有人都在同一张餐桌上吃饭，在同一摊位上买东西。阶级斗争一直延续到盘中。穷人只有靠美食节目聊以自慰。

所有电视频道都在参与，有时在黄金时段，有时昼夜不停。主持人前往全国各地，探索最遥远的乡村，调制瘦身菜肴，并好奇地进入素食者家中。谈烹饪无所不用其极。在家里吃得越差，电视上吃得就越好。地方美食很受欢迎，成为一种宗教。主持人在著名厨师的协助下，"重温"地区食谱，甚至是被彻底遗忘的食谱。他们凭借虔诚的乡土主义和狭隘的异国情调，调制自命不凡的大牌珍馐。厨师们已经成了真正的名人。他们花在电视上的时间比花在炉灶后面的时间还要多。

这让我们想起《火枪手烹饪》节目[9]，玛伊德一棍子打晕一条鳗鱼，或者把一头小猪从肛门到喉咙串起来。那是一种喜欢解构小牛头，搅动仍然热乎的肠子的烹饪，是食肉美食、饮血美食。现在我们变得精致了。我们很少吃内脏，不吃火腿上的脂肪。我们希望看到肉已经切好，鱼已经切片。我们丝毫不想了解动物的身体，更不用说动物的灵魂。

在所谓的风味料理节目中，主持人并不是要让我们迷失在昔日的锅碗瓢盆中：他把我们带入偏僻地区、犄角旮旯，在教堂的钟楼下，到塔楼的顶层。他去居民家，去小商贩那里，去打猎或钓鱼，去采蘑菇，去拍羊屁股，去鸡舍、菜园和磨坊，我们和他一起大口呼吸乡村的新鲜空气。我们置身于一个被祈福的世界，这里的一切都是新鲜的、正宗的、高质量的、需要技巧的、有诀窍的，要腌制和慢炖的。我们梦想。我们以为我们在做梦。

普通的城市居民家里没有马厩或果园。他没有自己的空间，没有时间，没有耐心。他买不起一条清晨从清澈的河流里钓上来的鱼，或给一只养眼的火鸡拔毛。饿了，他就在午饭时或下班后胡乱吃点东西。反正，他就是胡吃。

星期六是他的购物日。他的购物车里有一小盒肉、一小盒鱼、速冻菜肴、塑料薄膜包装或散装的水果，还有蔬菜、罐头、意大利面、鸡蛋、管状酱、饼干、酸奶、薯片、花生、盒装果汁。回到家，他一下子坐在一档烹饪节目前，狼吞虎咽地吞下食物。

不能忘了异国美食。于是主持人摇身一变，成了一名"战地"记者。他不介意展示如何杀死一只动物，如何宰割，如何掏出肝胆和脑子。作为回报，忍俊不禁的土著居民会让他挑一块，一个山羊蛋蛋或一块蜥蜴里脊肉。

* * *

巴黎已经没有自己的料理了。盘子里只有经过抗生素处理的三文鱼、上面撒着小洋葱头的嚼不烂的牛排、罐头酱鸭、炸薯条或煎土豆、冷冻豆角和大量莴苣拉叶。"特色菜"，通常在工厂里加工。甜点则从工业化的糕点店里冷冻好送来。

巴黎的餐馆里当然有一位厨师。他有点愁眉苦脸，烟熏火燎中看不清他的脑袋，他在斯里兰卡裔员工面前自说自话。他不苟言笑。他的菜肴品相也不好。他不是在为顾客提供食物，而是让他们中毒。为了给自己和员工付薪酬，为了付房租，他购买价格最低廉的食材，而价格最低的，品质也最差：这些都是算术。巴黎人只有哭的份儿，否则就只有到那几位仍然名扬全法的厨师那里去破财。

巴黎已经没有鱼贩子，连肉铺或食品杂货店都快没有了。我们在巴黎吃的和在法兰克福机场吃的一样差。既然没有了人民，也就没有民间美食了。

* * *

我有个朋友，他父亲是一家液压挖掘机厂的工人。他住在塞纳－马恩省。他母亲每天给他父亲做饭。她从不糊弄他：街角上肉铺里的肉、花园里的蔬菜、自制苹果派、酒商那里的葡萄酒。我还记得蘑菇和面包屑馅儿的小牛肉卷，调味酱配得正好。我忘不了那些小牛肉卷。我也没有忘记餐桌上的对话，那种工人的智慧。饭后，我们来到花园里。我们在凉爽的夜里凝视着星空。天空变得辽阔无垠。世界、整个宇宙，在对我们低声细语。

要说烹饪，最好不要发明什么，或者尽量少发明，而且要节制。越来越多烦人的平庸的创新者在"烹饪"节目上献丑。他们满嘴被营销新词格式化的胡言乱语，扯着嗓子夸夸其谈。他们不是在做饭，而是在装样子。他们不厌其烦地强调切、剁、拌、撒、烧、炒、炸。然后他们装扮、修饰。瞧他们，把芦笋戳在色彩斑斓的汁液里，让比目鱼歪歪扭扭地在上面平衡，汁液里的河蚌对着一串虾打哈欠。他们中有多少人认为自己是艺术家？他们装腔作势，在盘子里装饰香草、花瓣和带装饰的水果，然后加上他们标志性的撒成螺旋状的青椒汁。这不是一道菜，而是一种表演。

烹饪节目通常会变成一场比赛。"小公鸡们"炫奇争胜：看谁做得最快、菜肴最华丽。这些没文化的、自恋的小厨师们正在破坏几个世纪以来人民耐心地在锅底显示的一切。

* * *

意大利是能够以拥有没走样的美食而自豪的民族之一。在其偏远的乡间，葡萄藤张牙舞爪地爬上山包，柏树站在那里放哨，总有一家好客而价格低廉的小餐馆。人们还知道如何制作意大利面并把面煮得"有嚼头"；他们知道如何分享生火腿或奶酪；他们知道如何处理西蓝花、一把小胡瓜、菠菜和茴香。西红柿看起来像西红柿。在意大利，我在餐桌上不会感到很无聊。我在那里生活了四年，在这段仁慈的时光里，我在切萨雷－露西娅饭馆吃晚饭，有时甚至吃午饭，这是一家避开好扎堆的游客的小餐馆。那里对我来说是天堂。意大利阿布鲁佐[10]美食，还有欢声笑语和晚餐结束时美妙的歌声。

一款简单的配菜葡萄酒，一款神秘的烈酒。这就是生活：其余都是谬误。

再走远一点，在到处是矮墙平台的山谷，在"可爱野兔餐馆"，我品尝到了最美味的菜肴：酒汁牛肝菌野鹿肉糜扁平意面。这种面比干意面要宽得多，必须很薄，煮熟后几乎半透明，还要既结实又柔软。没有什么比满是干面粉的厚实的工业扁平意面更糟糕的了。酱汁用白葡萄酒腌制的野鹿肉糜制作。野鹿是猎杀的，而不是在屠宰场里被宰杀的。牛肝菌用得很节制，切得细碎的西红柿也如此。还有小洋葱、大蒜、一根短芹菜茎、一小撮欧芹。为什么这道菜对我来说无可匹敌？在这道菜面前，我的忧郁一扫而光。

意大利烹调出自天才之手。全世界都试图模仿，但都徒劳。凡是在那不勒斯品尝过酱汁比萨的人——最基本的那种：番茄、大蒜、罗勒、橄榄油——都不会再去其他地方吃比萨。这是一道平民佳肴。1889年6月，玛格丽特王后[11]在那不勒斯旅行时，发现小市民在吃这种覆盖着西红柿的饼状面包。她很好奇，就把一位厨师叫到宫里，让他为她做这种"比萨"。为向她致敬，厨师用意大利国旗颜色的罗勒、马苏里拉奶酪和西红柿将饼覆盖，并称之为玛格丽特。

意大利菜肴：小洋蓟、塞满意大利干酪的辣椒、腌制凤尾鱼或烤青椒作为开胃菜；然后是意大利面食，像空心粉、意大利面条、饺子（人类历史的杰作）、面鱼、面耳朵、细面，还有金枪鱼汁牛肉片或白松露烩饭；要不就是小黄莺沙丁鱼、普利亚[12]鲷鱼、罗马盐焗鱼、威尼斯肝、米兰洞骨；最后是意大利冰激凌，甜品中的奇迹，这是恩典。味觉在狂欢，心在肠胃中鼓噪：这是存在深处的庆典。意大利伸长了腿，每个角落都展示出从土地、天空，从谦卑的厨师那里攫取的精美菜谱。

意大利已经失去了一切："褴褓中婴儿"的灵魂、炙热而世俗的信念、对普遍和谐的激情。现在意大利人正在尤为粗俗的电视节目前死去。他们什么都不是，他们对什么都不感兴趣，甚至对自己也不感兴趣。只有他们的烹调才能使他们免于最后的审判。愿上帝保佑他们的烹调长存。

快乐邮轮

被时间破坏的铭文，
曾教导说世间的一切都转瞬即逝。
现在铭文被抹去，
它的真理却更清晰：
不可超越的证词，
墓志铭本身已经死去。

——克里斯蒂安·韦尼克[13]，《被时间抹去的墓志铭》

　　这架来自巴黎的机票低廉的飞机降落在加那利群岛的特内里费岛¹⁴。一艘巨大的游轮"华丽号"明天将在圣克鲁斯港¹⁵起航，它的肚皮里装着两千五百名乘客和九百名船员，以及服务人员——机械师、水管工、电工、木匠、医护人员、一百八十名厨师和一支消防队。

　　我们将跨越大西洋，沿着巴西海岸航行至布宜诺斯艾利斯。

　　圣克鲁斯正在下雨，一场温暖的十一月的雨。这是一座匆匆忙忙经历现代化的丑陋小城：窗框粗糙的、脏兮兮的混凝土建筑混杂在一起。如果没有上面的山丘和眼前的海洋构成的景观，这个谈不上任何规划的聚居地就什么都不是。

　　焦土丘陵被泛白的开心果酱汁般的灌木丛吞噬。夜幕降临，沿着高速公路的丘陵像弓着背的猫。海岸线上充斥着巨大的储油罐，阴森森的影子在天空中一望无际。风中散发的汽油味刺痛了我的喉咙。

　　我们在城郊的圣安德烈斯一家巨大而空旷的海边餐厅吃海鲜饭。我抗议：太油腻，太咸，鱼肉碎成渣，虾肉软绵绵。和蔼可亲的服务员和我一起叹息，温柔的声音里带着哀伤。人们在这里安安静静地生活，被游客蚕食。有许多德国人。我看到一群人，从一架日耳曼航空公司的飞机上下来。我的家族来自阿尔萨斯，一直很怕他们。德国人入侵时占了我祖母的旅馆，把那里变成他们的总部。军官们粗鲁、残忍、粗俗、无耻。

　　现在我温柔地注视着这些平和的金发的粉色头颅。

　　周日。——[16] 上船。一年前，"华丽号"在比雷埃夫斯港[17]撞上防波堤。船体
受损，无人员伤亡。

　　我怀着圣经里约拿[18]的激动心情进入这头巨兽。搜查一丝不苟：船上不能带
刀。许多船员是巴厘岛的印度尼西亚人，他们是温和的印度教教徒，体贴但不卑
躬屈膝，生性快活，时不时一起唱歌。船上的装饰完全是媚俗的风格：大理石、
木质品、镀金铝、仿制的寺庙圆柱、数不清的反光的镜子、精心制作的马赛克、
皮革墙壁和天花板、虎皮或蜗牛图案的地毯。

　　一切都很丑，实实在在的丑陋 ——的确，丑陋是从细节中体现出来的。然而船舱很可爱。小阳台俯瞰着大海。

　　班轮吹响了雾号。它迈着缓慢的舞步离开港口。夕阳与层叠的小云朵嬉戏，在水面上抹出大片神秘的十字花纹。海洋突显出来，无可比拟，宏伟壮丽。不可旋转的地平线上什么都看不见了。

　　泛白的天空将所有的乳汁倾泻在海面上，天穹后面是急不可待的太阳。

　　起早有惊喜，门一开就能看到一望无际的水面。这是一种巨大的空虚感，脑袋在船的晃动中摇摆，同时也有一种充实感，就是那种孤独而虚妄的感觉。

　　清晨一到，成百上千的乘客从各处冒出来，涌进舷梯、电梯、甲板，在游泳池和酒吧周围徘徊。

　　半大老头、老人、耄耋老人。很少有年轻人。没有孩子，或几乎没有。大多数是阿根廷人。他们身材魁梧，在水池和按摩浴缸里半裸着。

　　音乐的音量很大，是一种拉丁迪斯科，一群心情很好的女士正按节奏比画着。一台洗衣机随着节拍跳动。歌曲接连不断，把所有的烦恼、悲伤和焦虑排出大脑。人类在这黄昏的长叹中约会。

　　臀部肥大的雌性哺乳动物在游泳池前来来往往。紧随其后的是雄性，他们腆着结实的大肚皮，爆炸式地跳入水中，又迅速浮出水面，瘫在躺椅上。他们稍后要喝一杯鸡尾酒。这里别想看到骨骼、身材。

　　我在这里被揉进欢乐老年的面包里：这就是快乐邮轮。

　　我的身体与这个巨大的机器融为一体，随着船身颤抖。它的心跳声在我的胸腔里咳嗽。今晚，在空旷的上层甲板上，天空没有星星，布满黑洞，大海反过来沉浸在这大片黑影中。它只是沿着船体释放出发光的黏液，在船的底部形成一条长长的垂死的尾巴。国际音乐在舞池中打着最后的饱嗝呜咽，总算没声了。顶着圣诞小饰品的、滑稽可笑的灯柱，像疲惫的哨兵一样站着，在度过这无所事事的一天后精疲力尽。

　　今晚，船长到乘客面前巡视。每个人都着正装，先生们穿着晚宴长礼服，女士们身穿长裙，领口开得很低。意大利船长的性感魅力让那些渴求永恒的老处女们获得新生。这个夜晚是一个神奇的仪式。的确，我们的命运掌握在这位戴着大盖帽的神的手中。

　　在一共十六层甲板的某一层上，人群密集，在一位舞蹈体操教练的指挥下跳操。那些不跳的人已经躺在躺椅上。正是在人群中，我坚信我不属于人群。也正是在人群中，我凝神思考，并尝到了孤独最好的滋味。

　　第三天没有停靠。——海水是云青色的，几乎是发黑的普鲁士蓝，虽然海面上有被云彩染上的大块痕迹。我从未见过这种颜色。稍后，海洋变成鹅卵石般的灰色，因为天空覆盖在上面。这是一种寒冷的灰色，增加了细微的色差。淡蓝色的条纹像忘忧草的碎片一样划过。海浪在波峰上撕扯，在水花中闪亮。

　　今天早上六点，海鸥在阳光普照的海面上奔跑。它们贴在船边，大摇大摆地走来走去，尽情嬉戏，突然跳入泡沫中，再直直地跳起，然后乘着强风再次展开双翅。

　　海。不知疲倦的海浪的沙沙声。海浪倒映着"华丽号"的部分白色船体。船身侧面是深蓝色的海，但在地平线上粉化散开了。远处的一个岛屿，像一幅雾中的素描。大鸟们惊慌失措。巴西离我们只有二十个小时的航程了。

　　我在人间喜剧中喝着一杯咖啡。他们蜂拥在自助餐旁，吞噬一切可以吞咽的东西。他们的脸还皱巴巴的，但一大早，他们已经穿上花里胡哨的衬衫、耀眼的T恤、裙子状的百慕大短裤。女士们脖子上挂着丁零当啷的珠宝首饰。

　　自助餐厅的一位年轻女子听到我说谢谢，就用法语跟我聊天。她来自毛里求斯。她灿烂而悲伤的笑容表明她很想家。她和所有工作人员一样，已经在船上工作了七个月。

　　有时，她可以利用中转的机会观光。她从勒阿弗尔港去了趟巴黎。她参观了埃菲尔铁塔，看到了大皇宫。她给我讲着，脸上放光。她笑得很开心，笑得很单纯。

　　船在发动机发出的轻轻的嗡嗡声中不动声色地在水面上一小步一小步地挪动。船舱里，过于甜美的音乐在冷气中流淌。什么都没有发生。

　　突然，外面传来巨大的噪声、尖叫声。至少有两百名乘客冲到甲板上，他们的脸上、身上和小腿上布满了斑点、粗线条和红、黄、蓝、绿的大圆点；他们像大鸭子一样跳跃、舞蹈，按照一种不可思议的节奏拍手，咯咯大笑，气喘吁吁，叫叫嚷嚷。这是一个欢乐群体的动画场面，一小群人像踩着泥巴一样鱼贯而行，然后淹没在游泳池里。

　　中途在累西腓 [19] 停靠，开始巴西海岸之旅。

　　累西腓：不算太高的摩天大楼像蛀齿一样矗立着。一股湿热，让人担心无法再呼出这滞重的空气。

　　赶紧驱车前往老城区，色彩鲜艳但已破破烂烂的两层小楼，破败相。

29

  巴伊亚州的萨尔瓦多市[20]。——比累西腓更复杂，一座屹立在破败中的美丽城市。它眼中有一种黏稠的忧郁。步履缓慢，闲散，退避——但今天是周日，下区的妓女们还没起床。空寂的人行道沿着被盐和风雨侵蚀的外墙而上。

  天空渗入了我的毛孔。我们在一家很受欢迎的美丽餐厅的桌子旁坐下，餐厅的窗户朝向海滩敞开。大风扇像惊慌失措的时钟指针一样在天花板下转动。

　　用椰奶、西红柿、胡椒和香菜炖的白鱼：这就是巴西炖鱼。与一对萨尔瓦多退休夫妇相谈甚欢。他们喜欢坐飞机旅行，但从未离开过这个国家。

　　乘他们的车参观城市；这是他们的第三条腿，也是他们唯一能用来行走的一条腿。我们大笑，因为所有事，也不因为什么。这美好的无忧：它的面纱掩盖了许多小小的不幸以及生活的巨大不幸。宿命论！宿命论的微笑。

　　回到"华丽号"。——这只巨兽吹起低沉的喇叭，震动港口。

　　一百八十位厨师正在辛勤工作。与主厨简单聊了几句，他是个害羞的意大利人，嘟着孩子气的小嘴。他在海军做饭已经有二十五年了。他的意大利面和意大利饭都是有嚼头的。

　　里约热内卢。——我应该说我去过那里。谁能说我曾经去过那里？所以我对自己说，我就在这里，走在一条幽深的大道上，两旁是参差不齐的摩天大楼，被时间吞噬的建筑依然散发着古老的葡萄牙强权的气息。

　　泡在街上的水里，在嘈杂声中晕头转向。乌合之众忙碌着，揉在一起，缠斗着，消失在城市睁大的眼中。城市：它在梦见自己 ——哪座城市会像它一样这么多地梦见自己？

　　几个小时的停留，几乎没有足够的时间来呼吸这座城市的气味。正午的太阳正在扼杀她，她却笑了。吊车在建筑上方跳舞。一些建筑消失了，另一些则在它们死去的地表上重新生长。一切都在建构和解构，就像心脏吞下血液，好凭着巨大的驱动力更畅快地吐出它们。

　　我做了什么？什么都没做。我是谁？谁也不是。餐厅大堂里有一盘烤大虾。没有游客。饥饿的巴西人在鸟舍里叽叽喳喳。产自葡萄牙的上好葡萄酒和一种闻所未闻的甜杏仁浆利口酒。

　　回到港口。——这只动物大声叹了口气，在浴缸里软绵绵地移动，搅起像黑色床单的褶皱般的漩涡。水波不兴，轻轻拍打着船身。水的颜色正好是瓶底的绿色。

　　船在行动，把屁股对着码头，肚子朝前，咬住第一道浪，吞下一大口海水。里约，可望而不可即的未婚妻。她的太阳跪在云中。神奇的肥羊啊，你们是天空的汁液。几十艘货船和拖船在海湾中挣扎。更远处，飞机躺在跑道上睡着了。突然间，一天就结束了。一道白垩的痕迹使得沿着海岸延伸的城市变得模糊起来。城市在伸展，在夜晚无比的温柔中消失了。我的心一沉：如此无序的美会让最坚强的男人崩溃。

　　今天早上，大海和天空在争夺一块灰色，一块几乎没有一丝淡淡的天蓝色划痕的淡灰。但很快，一切都消逝在隐去的夜幕的浓黑中。游轮无动于衷地摇摇晃晃，驶向永恒。然后就到了早上。碧空如洗，光线射进船舱。海洋像一只忠实的蓝狗，静卧在巨兽脚下，而巨兽上的整个世界已经在颤动了。我阅读戈比诺[21]伯爵的《论人类种族的不平等》一直到深夜，这本书占据了我部分旅程。

很长时间以来，我知道我必须要读这本被反动派惧怕，被进步人士痛恨，被文盲唾弃的书。读过这本书的人寥寥无几，或是根本没人读。戈比诺的作品甚丰，且多种多样：散文、小册子、长篇小说、短篇小说、诗歌、通信。我年轻时乱读书，曾读过他的《文艺复兴》。这本书是对话形式的，是一幅文艺复兴时期意大利的精微画像，一出伟大历史的小戏剧。人们描绘的不利形象模糊了戈比诺的一些令人感动的东西。这种情感从他的意识形态中是读不出来的。当我想到傅立叶[22]、施蒂尔纳[23]、巴枯宁[24]、马克思、叔本华、尼采时，也会有这种情感。这是一种为提取一个真相，甚至全部真相，想要拥抱他的时代，拥抱人类所有的时代以及拥抱世界和宇宙的贪婪。通过从记忆中攫取过去的社会来拥抱自己的时代，从古代开始，然后是文艺复兴。每个人都要重塑或重新阅读世界。他们想为世界找到一种解释，并且预测其命运。为做到这一点，他们饕餮所有的科学、所有的文学或艺术。他们对古代有完美的认识。他们读过荷马、修昔底德[25]、维吉尔[26]、但丁、马基雅维利[27]。他们正是通过阅读来理解事物，而且通过写作提出自己的愿景。他们的共同点是，写得好，写得多——也许写得过多：傅立叶就重复了自己的话，但没重读自己的书。他们不是在进行文学创作，他们分析、推测，他们理论化、哲学化。然而，文学抓住了他们。他们讲故事，用漂亮的语言，经常打比喻。他们的著作中有多少篇幅不是站在诗歌的边缘？这些不就是诗吗？

　　然后他们大笑、挑衅、争论、自相矛盾、夸大其词。《资本论》中关于"交换"的章节令人回味，形象化，甚至充满谐谑，难道不是伟大的文学作品吗？在论战中，他们在杀伤性的表达、决绝的评判上，也在激情、人性和温情上，一争高低。戈比诺就是其中之一。他既可出言不逊，亦可感悟精华。《论人类种族的不平等》是一本令人遗憾的书。在今天来看，他的种族理论尤为可怕。但这首先是一本苦涩的书，完美、无望，令人绝望。

　　戈比诺很年轻时就喜欢德国。因为他很早就深谙德国语言和优秀的德语文学。他是不是太爱德国文学了？他想在日耳曼野蛮人部落涌入勉强算得上是被基督教化的古罗马高卢时，看到一种天意，一个用"雅利安人的血液"使古高卢人的血统再生的良机。他想在印欧语系里看到类似种族优越的东西。那时，这些思考也不过是拾人牙慧。

　　一些纳粹分子的确借用了戈比诺的一些偏见。他们声称这样做了。但戈比诺并没有拯救世界的愿望。在他眼里，人类的衰落不可阻挡，他为此感到高兴。他从没写过赞成一个新的、纯粹的种族。对他来说，如果曾经有一个"雅利安人种"，它早在1500年前就消失了。戈比诺的结论是无望的，而且他坚守这种无望。至于普通的种族主义者，他们不需要读他的著作。他们的蔑视、他们的仇恨、他们的罪行都与文学毫无关系。戈比诺在他的书信中没少表达对他们的蔑视。这些无所顾忌、没有好奇心的殖民者，对他们虐待或杀戮的土著居民一无所知。他们不需要一种政治意识形态：基督教对他们来说足矣。

"鄙夷人生"

人们谴责他的《论人类种族的不平等》启发了罗森堡[28]的雅利安人种族主义论，甚至在某种程度上引发了泛日耳曼主义[29]或排犹主义，这一点值得怀疑。这种同一时期尼采也遭遇的不分青红皂白的指控有一个益处，那就是使得上个世纪最杰出的头脑之一避开了贫乏而狭隘的文学和"选集"的领域，但这种谴责是错误的，是对他所属时代的知识景观和思想论坛佯装不知——或更糟糕，是出于真正的无知。

——尼古拉·布维耶[30]，《美好的逃逸》

　　如果有一个戈比诺不想出生在那里的城市，那就是达夫雷城[31]。然而，他正是在达夫雷城出生的。他更愿意出生在波尔多。当被问及出生地时，他还真答道："波尔多。"

　　他父亲路易斯·戈比诺是一个性格软弱、智商不高的人。他是酒商，收入不高，后来参军。他是加斯科涅人[32]。1810 年，他娶了马德莱娜·德·热尔西，她的母亲是来自圣多明戈[33]的克里奥尔人[34]，父亲是归诺曼血统的国王所有的波尔多农场的主管。

　　戈比诺出生于1816年7月14日 ——"嗯，这倒是真的！我出生于7月14日，而巴士底狱在同一天被攻克。这证明了对立统一。" 他是个敏感而焦虑的孩子。

　　他父母给他取名为约瑟夫·阿瑟。从1853年起，他让人称他为戈比诺伯爵（Comte de Gobineau），增加了一个介词和一个贵族头衔，唯恐被当作平民。

　　这个家庭憎恨革命，津津乐道于巴黎雅各宾派的龌龊故事，无论真假。阿瑟一直记得，他常说："我痛恨民众的权力。"

　　他的第一个妹妹很小就去世了。他四岁时卡罗琳出生。卡罗琳出生八年后，苏珊娜出生。他父亲不承认这个孩子，因为她是家庭教师的女儿。

　　他与卡罗琳（后来成为本尼迪克特修女）之间有大量通信，他还间或去探望她："你知道，当我在会客室里看到你，隔着栅栏吻你的手时，我是多么幸福。"他称她为"我的泥巴"，或"我亲爱的神学珍宝、修道院里无可挑剔的宝贝，总之，我亲爱的、深爱的母亲、姐妹、姨妈和表妹"。

　　母亲马德莱娜喜欢上流社会的生活，喜欢男人，而且对此毫不掩饰。她尤其爱钱，能借的地方都借了。她无耻地发行期票，据说她还做过伪币。

　　1842年，她被判处在条件恶劣的克莱蒙－昂－博韦女子监狱服刑六年。她出狱后并没有改邪归正，而是重拾冒险生涯，编造头衔和重要的关系，并急切地寻求男人的陪伴。

　　年近六十岁时，她被再次判处十年监禁。

　　阿瑟·德·戈比诺很小就目睹了母亲的荒唐行为。她的丈夫是个"傻瓜"，她的情人，也就是那个家庭教师，是个"有趣的人"。

　　1830年，阿瑟十四岁。他母亲用了什么计谋把她的孩子们和情人都迁入德国巴登－符腾堡州的因兹林根城堡？对阿瑟来说，这是件令人高兴的事。他学会了德语，深入学习这门语言将很快对他的职业生涯产生决定性的影响。但戈比诺夫人根据引渡的要求不得不匆匆离开德国，带着一行人在瑞士的双语小城比尔市避难，他们在那里待了近两年。

　　她与波兰难民交上了朋友，于是她在 1832 年底独自去了波兰，把孩子们托付给他们住在布列塔尼地区洛里昂镇的父亲。在那里，阿瑟做着东方梦，言必称清真寺和尖塔。他宣布自己为"穆斯林"，并开始学习波斯语。但父亲希望阿瑟能像他一样从军。阿瑟于是参加了圣西尔军校[35]的考试，但他没通过。

　　全家在布列塔尼南部勒东小镇定居。这个县级以下的小镇总给他留下一种温暖而有情趣的感觉。还有，大海近在咫尺。

  后来，他在给妹妹卡罗琳的信中写道："我想把我的雕像放在长廊上，悬挂在那里已经洗好的衣物之上。这样，青铜像会变得柔和，可以用那些正经市民的衣服擦眼睛。"

  1835 年 9 月底，他离开布列塔尼前往巴黎。伯父蒂博－约瑟夫为他在拉丁区的圣伯努瓦街 17 号找到一间阁楼房。他在监护人的帮助下，在法国天然气照明公司找到一份工作 ——没有报酬。蒂博－约瑟夫给他几个法郎维持生计。

　　下班后，阿瑟尝试写诗。他灵感平庸，但总是很押韵。那时候，如果让他背诵自己的作品，他很快就会情绪激动，泪水夺眶而出。

　　巴黎并没给他带来任何好处 ——"那是地狱。"他说。

　　他每天食不果腹，但雄心勃勃。他想写作，"写他心中的东西"。他试图在报纸和杂志上发表文章，时不时昙花一现地在这里或那里刊登几篇，他甚至还能赚到一点钱。

　　他写过政治和文学题材的文章，还有关于波斯文学的文章。很快，他因喜欢东方而受到关注。他不是总重复说"我们所想的一切和我们所有的思维方式都源于亚洲"吗？

　　然后好多个月过去了，他没发表一篇文章。机缘巧合，他被邮局的行政部门聘为兼职人员。

　　1840年6月，保皇派报纸《法兰西日报》连载了他的第一篇小说《一位王子的婚礼——路易十三时代的一段插曲》。于是他不停地写短篇和长篇小说。

　　他的属性确立了。他不是资产阶级，也不是暴发户，更不是无产阶级。他体态优雅，举止高贵，彬彬有礼，像是一位不合时宜的绅士。托克维尔会说："他与我们同族。"在这种精致之上，又增加了一种无奈的悲观主义。在他看来，一切都很腐败：神职人员服从于革命催生的权力，资产阶级不过是投机者，而贵族更是"傻瓜、懦夫和虚荣的人"。无论是雅各宾派还是君主派，政治不过是一种虚幻的希望。他不抱任何幻想，什么都不相信，不发表任何意见。

他二十四岁时结交了几位失意而快乐的同类。他们成立了一个小型互助俱乐部，"至尊者协会"，类似于一个秘密社团。他们自称是"被选中的人" ——让人感觉他们是精英，或"伊希斯[36]的堂兄弟"。这些雄心勃勃、身无分文的年轻人聚在一起，整晚喝着咖啡和潘趣酒，抽着迷魂烟，构想着不切实际的规划。

1841年4月15日，著名的《两个世界杂志》[37]在拖延和做过一些小修改后，发表了戈比诺关于1830年独立希腊第一任总统卡波狄斯特里亚斯[38]的研究报告。这位总督后来在一座教堂的台阶上被暗杀，年仅五十五岁。这是戈比诺的第一篇政论文章。他后来写了八篇关于当代希腊的文章。他在给卡罗琳的信中说："你读读我在《通讯员》杂志上关于希腊的文章，我非常得意。再没有如此深思熟虑、写得如此完美、阐述得如此明智的文章了。这真令人惊讶！不可思议！真的、真的、真的棒极了！"

他起初对新的国家怀有温情，后来严厉修正了他的看法：现代希腊人不是古希腊人的后代。他甚至开始怀念奥斯曼帝国的长期统治。

1843年3月，戈比诺辞去了邮局的工作。一个月后，他时来运转：他被介绍给托克维尔。后者立即要求他提交一份关于德国和英国哲学在当代政治和社会道德中地位的报告。戈比诺的哲学文化很丰富：他读过康德、黑格尔、费希特[39]和谢林[40]的原著，而没有止于戈德温[41]或休谟[42]。第二年，托克维尔创办了《商报》，号召他的年轻朋友们写文学评论。缪塞、海涅、司汤达、巴尔扎克：戈比诺很高兴分享他的激情。他对连载小说产生了浓厚兴趣，成为其捍卫者，甚至写了其中一部，是真正的骑士爱情小说，书名为《奇迹塔楼上的约翰，绰号"幸运囚徒"》。

他健康不佳，每天要放血四五次。

　　说到爱情，他爱上了一位来自马提尼克岛[43]的美丽的克里奥尔姑娘。她身材高挑，长相精致，棕色的皮肤，黑头发。她性格开朗，很有头脑。她名叫克莱芒丝·莫内罗。她与他同年出生，生日差几天。她不再是一个闺秀：她有过与男人交往的经验。

　　戈比诺与"至尊者协会"的同伴埃居尔·德·塞尔在巴黎的主教城街 42 号共租一套公寓。后者对这位美丽的克里奥尔女人的魅力并非无动于衷，也喜欢她。他们的暧昧关系持续两年之久，或多或少是在戈比诺不知情的情况下。

　　但身为子爵的埃居尔在外交事务上有野心，他知道自己需要一个阶层更高的女人。他不让克莱芒丝抱任何建立正式关系的希望。戈比诺为她的痛苦而感到悲伤，在"骑士精神"的感召下，决定娶她为妻，以"挽救这个受损害的女孩的名誉"。于是，1846 年 9 月 10 日，戈比诺与克莱芒丝在巴黎第八区的圣菲利普－杜－鲁尔教堂举行婚礼。阿瑟的母亲没有参加婚礼：她还在监狱里。这可能就是为什么婚礼没有声张的原因。埃居尔与这对夫妻在同一屋檐下生活了三年。

　　有影响力的《辩论报》连载了戈比诺的一部新小说《泰尔诺夫》。能在这样的报纸上发表作品是一种荣耀。作者对此毫不讳言。他为之扬扬得意。他的传记作者让·布瓦塞尔[44]说："雄心勃勃，这是肯定的。但有点妄自尊大，自以为是。他的个性一直如此。这对他刚开始的外交工作很不利。" 尽管取得了这样的成功，戈比诺的收入并不高。埃居尔也一样。三人的生活得过且过。克莱芒丝怀孕了。这是个女孩，出生于 9 月 13 日，取名为黛安娜——九年后，妹妹克里斯蒂娜出生。

　　法国的事件正急速发展：这是 1848 年革命。"当我不是在精神上，而是亲眼看到革命的时候，所有那些肮脏的外衣令我深恶痛绝。也就是说，革命如此夸大了我的正义与真理的概念，我甚至宁可去当一名修道士……"

　　1848 年 9 月 15 日，戈比诺与托克维尔的表兄路易·德·凯尔戈雷一起出版了《省报》，该报发行不到一年，只有一百八十个订户。在报上我们可以看到戈比诺的主要关注点之一，这就是他对中央集权的、巴黎式的和自我中心的国家的厌恶。

　　革命都是在巴黎爆发，而无视全法国，法国各地并没有被同样的热潮所撼
动。巴黎想要强加一切：它的秩序以及它的无序。"巴黎，是每个人的城市，又
不是任何人的城市；巴黎的居民很少是在那里出生的。"

　　巴黎没有自己的特色。至于整个国家，有多少省和市镇，就有多少传统。
因此，有必要将某种权力，即部分主权还给他们。三千六百万法国人中，有两
千六百万人生活在公约之外。这就是农村人口。

　　这些农民 "把自己看成是另一个物种。按他们的说法，这个物种受压迫、软弱，必须求助于狡猾，但也非常顽固、傲视一切"。

　　戈比诺对外省的观察细致入微，衡量出国家和首都之间的鸿沟。他注意到，在农民中，有些人认为 "自己的血统比他们以前的领主要高贵得多，也（比他们）根基更深"。他继续说："农民们几乎把我们当成敌人。他们对我们的文明一无所知，不愿为此做出贡献。而且，只要他们能够做到，他们认为自己有权从文明的灾难中获利。"

他无法掩饰对这些农民的同情。农民憎恶非农民的一切。作为过激的论战者和作家，戈比诺沉湎于这种被升华的混乱中。

在1848年的事件中，托克维尔是秩序党[45]成员，他正是作为这一顽固保守主义潮流的代表人物被选入制宪议会的。次年6月2日，他成为巴罗政府[46]的外交部部长。

两周后，托克维尔致电戈比诺，任命他为部长内阁主任。这是他一生中最重要的机会。

　　不幸的是，内阁在 10 月底被终止：托克维尔被解职。但是戈比诺没有跟随他，而是为他的继任服务。11 月 28 日，他被派往伯尔尼担任外交官，任法国公使馆的一等秘书。他并没有因此停止与前部长通信，让后者能了解他得知的一切，而前部长尽管有所保留，但一直与他保持友情。

　　在伯尔尼，戈比诺与妻子和女儿生活在一起 ——埃居尔则待在巴黎。

　　戈比诺感到无聊。在公使馆里没太多事可做。而且他对瑞士人，那些 "善良、肥胖、愚蠢的民主人士"，没什么好感。他觉得不太公平：这个国家没有他所憎恶的法国人的缺陷，即中央集权主义。在这里，各州都有自治权，并且是联邦制。托克维尔更明智，知道这种制度的价值。戈比诺则坚持认为："瑞士，一个粗俗而平庸的国家。"

　　1850 年 3 月 20 日，戈比诺的母亲再次被判刑：十年监禁，罪名是屡次诈骗。

在漫长的闲暇时间里，他有充足的时间来撰写《论人类种族的不平等》的前两卷。他着手研究文明的衰落，认为这是"所有历史现象中最引人注目，同时最隐晦的"。

1854 年 3 月初。——他离开瑞士，在美因河畔的法兰克福安顿下来，任法国驻日耳曼邦联[47]议会代表处秘书。那里同样死气沉沉：除了报告没有任何事情发生，就没有任何事情可以做。

他完成了《论人类种族的不平等》的后两卷："我非常专注于达尔文，我打算在第二版中稍微虐待一下他。然而，我不会在每个方面都虐待他。要说雅各宾派及其战友都是猴子的后代，这没什么不可信的。"

对他来说，"这是将历史带进自然科学大家庭"。

在他眼里，人类是由三大种族组成的：白种人、黑种人和黄种人。

除了不具备那些黑种人和黄种人特有的感官能力，白种人具备所有能力。他毫不犹豫地"承认白种人比其他所有的种族都要美，而这些种族之间的差异则取决于更接近或更偏离为他们设定的模式。因此，在人类群体中存在着美的不平等，这种不平等合乎逻辑、可以解释、永恒而不可磨灭"。

黑人是迄今为止"最卑微的种族，处于阶梯最底层"。戈比诺用尽所有字眼来贬低他们。在确定黑人平庸甚至没有思维能力之后，他接着说："对他们说来所有的食物都好，没有一种食物令他们厌恶，被他们排斥。他们想要的就是吃、吃，没完没了地、狂热地吃；没有什么令人厌恶的腐肉不值得被他们的胃消化。对气味也是如此。他们的感官适应最粗俗也最恶心的东西……总之他们对自己和他人的生命不屑一顾；他们为杀人而杀人。这个人类机器是如此易冲动，面对苦难，要么懦弱地在死亡中得到庇护，要么可怕地漠然处之。"

至于黄种人，他们"一般都很矮小，这些部落中有些人甚至不超过比例缩小的侏儒……他们敦敦实实，缺少美感或优雅，有些怪异，经常面目狰狞。大自然在他们的面相上节省了构图和线条，其自由发挥仅限于必要的部分：鼻子、嘴巴和一双小眼睛被扔在扁平的大脸上，似乎以一种漫不经心和不屑的态度草草勾勒出来。显然造物主只想画一幅草图"。要说智力，他们"绝对缺乏想象力。只求自然需要得到满足，有着与脚踏实地或可笑的想法相匹配的坚韧与执着"。

由于三大种族之间的杂交，一片"一切混杂在一起的沼泽地"，种族会退化。戈比诺首先在白种人中观察到这种退化。当"基本的种族元素分裂并淹没在外族的贡献中，以至于这一元素的潜质不能再发挥足够的作用"时，白种人将消亡。

对他来说，与所谓的劣等种族接触将导致所谓的优等种族灭亡，没有什么可以阻止这种命运，尤其不是休斯顿·斯图尔特·张伯伦[48]的优生学，后者想通过激烈的选拔举措创造优等人。换句话说，异族通婚阻碍了白种人，即文明的发展。对此，我们无能为力："无法回避恶果，这是不可避免的。"戈比诺建立了自己的理论，但并不想与任何事物或任何人做斗争。

此外，在他眼里，德国人并不是一个优越的民族。他们是凯尔特人和斯拉夫人长期混合的结晶："从公元八世纪开始，日耳曼元素在整个德国大大削弱了。这由于两方面的原因，一方面是日耳曼人的消失，另一方面是斯拉夫人口的枯竭，德国人早就不那么日耳曼化了。在黑森林与在柏林附近一样，典型的凯尔特人或斯拉夫人并不罕见。我们也很容易发现，天性温和而缺少活力的奥地利人或巴伐利亚人身上完全没有法兰克人或伦巴第人那种火热的精神。"[49]

因此，他的结论是："日耳曼部落与旧世界的种族的混合，这种男性群体与在古代观念的残渣中消耗殆尽的种族和种族残骸的高度结合，创造了我们的文明……"

但有时，换一段，戈比诺的观点似乎缓和了："如果声称所有的混合物都是坏的和有害的，那是不正确的……因此，艺术天才……只有在白人与黑人交媾以后才出现……我不否认：这是好的结果。血统混合产生的艺术世界和高尚的文学是值得称赞的奇迹。"

至于黑白混血女孩、西印度群岛混血妇女以及有四分之一外族血统的女子的美貌，则无与伦比。他是否想到了他的母亲和他的妻子？

他的种族主义或种族化的偏见在很大程度上源于他的时代。戈比诺并非不合时宜。他的思想经不起相继产生的民族学、考古学、语言学和遗传学的检验。他的种族主义论断只是过时的、错误的偏见。如果他走近某些民族，他的好奇心就会被激发出来，很可能会品味他们的语言、习俗和信仰。对于中国人，还有对日本人和远东其他民族，他知之甚少，对他们伟大而精致的文明一无所知。且不说印度、非洲和美洲。

唯一受到他青睐的是波斯人。有一个糟糕的原因：他认为波斯人具有一种"雅利安"的品质，即假定这是一个生物学意义上纯正的种族，是日耳曼人的祖先。还有一个很好的原因：那就是他孜孜不倦地接触、观察这个民族，分享他们的日常生活、诗歌和神话。总的来说，涉及穆斯林，他的种族主义就沉默了。

　　如果只谈语言，即雅利安人的语言，戈比诺则看到了一个"优越"的种族，但这个种族在与其他 "劣等" 种族的混合中已经消失了。伟大的种族变得不纯洁，世界就可能衰落，并将终结。

　　在撰写《论人类种族的不平等》时，他只想充当一个简单的观察者，具有解除了武装的智慧。但如果他搞错了呢？他考虑到这一点："我要么错了，要么对了。如果我错了，我的四卷著作就一文不值了。"

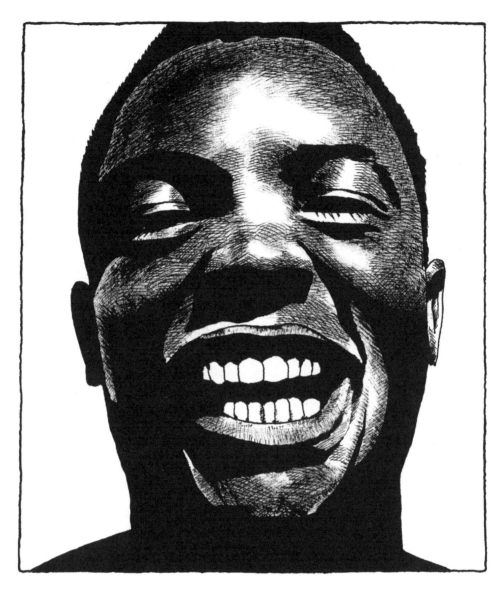

　　然后他略微自吹了一下："我的看法是，我将在另一个生命中得到特别的奖励，因为我在这个生命中是最勤奋的地狱铺路人之一，这是一项非常有用的工作，没有人比我更积极。"

　　他的书后来成为热议的话题，但并不成功。法语版第一版只有五百册。一年中，前两卷大约只有一百来位买家。至于他的小说《七星》，十五年中只有五百零八位读者。正如让·戈尔米耶[50]所言："1877年，没有人察觉到某些章节的悲壮。"

　　这部论著后来在德国得到了理查德·瓦格纳的响应。当时知识分子中的种族主义者认为，他们会从中找到充实他们论点的养分。但他们没读懂，或者根本没读。成千上万的商人、士兵和传教士来到新大陆。他们比不幸的戈比诺要暴力得多，而且不屑于博学。他们几乎不需要为他们冲动的种族主义提供任何理论上的辩护：他们有自己的军营、自己的教堂和自己的法律。

　　在一个组织并宣传反犹主义的时代，戈比诺对犹太民族的思考无不令人惊讶。这是因为在他的等级制度中，犹太人不参与融合。在《论人类种族的不平等》的几百页篇幅中，他对犹太民族只有赞美，没有任何反犹的暗示："我再说一遍，这是一个在每件事情上都得心应手的民族、一个自由的民族、一个强大的民族、一个智慧的民族。他们在失去独立民族的称号之前，曾拿起武器，英勇斗争，为世界贡献了几乎同样多的医生和商人。"

　　那些想把他看成先驱的反犹主义者搞错了：戈比诺对犹太人充满了令人钦佩的仁慈。只有一次，他在给他妹妹和科西玛·瓦格纳[51] 的信中提到——可能是为了取悦后者——"瑞士人正在被犹太人活活吃掉"。

　　如果要把《论人类种族的不平等》看作种族主义宣言以外的东西，那么这就是一部与其虚妄的博学相匹配的雄心勃勃的作品，可以解读为一部文学史上少有的、一个彻底的悲观主义者的作品。

　　作者信口开河，却颇具风格，他冷眼观察人类不可避免的退化。他不抱怨，也不为之喝彩。他既不想从人类那里拯救什么，也不想改善人类。他也并不想毁灭人类。在这一点上，没文化的纳粹分子和种族主义者没有理解戈比诺。他从来没有暗示过一个"优等种族"应该灭绝、奴役或虐待"劣等种族"。

同样，这部论著的目的声称报告人类不可避免的弱点及其有限性："可怜的人类！它从未能发明一种方法，让所有人有衣穿，让所有人都不受饥渴之苦。"他认为人类没有能力吸取以往的教训。当然，人类发明了火药、蒸汽机、电力，并且仍在继续发明更多的东西，但什么都没有改善："人可能学会了一些东西，忘却了许多东西。他没有为感官添加一种官能，为四肢增加一个肢体，为灵魂增添一种能力。"

从知识的角度来看，戈比诺是一个可怜的学者，迷茫、迟钝、过时。讨论他的观点和他的人口预言不会有任何结果——例如："国家，而不是人类群落，在昏昏欲睡中不知所措，从此将在空虚中麻木地生活，就像水牛在彭甸沼地[52]的死水潭中反刍……这种悲惨的状态也不会持续太久，因为不确定混杂的副作用就是使种群的数量越来越少。当回顾古代时，我们会看到，当时地球上我们这类物种比现在要密集得多。中国的居民从来没有像现在这么少过；中亚曾是一个蚁冢，那里已经没有人了……俄国则是一片荒漠……印度虽然人口众多，但现在也只是其从前的影子……至于美国，欧洲正向它倾注自己的血统，对方如果富裕起来，欧洲就会变得贫穷。因此，人类退化的同时，欧洲在逐渐消失。"

另一方面，从风格的角度来看，戈比诺是一位抒情作家。在他那里，所有的夸张都是受欢迎的，文字扬扬得意地超越了思想。他的偏见令人厌恶，令人匪夷所思。最重要的是，他一直在苦苦挣扎，近乎彻底绝望。

在让·戈尔米耶看来，这部论著首先是诗人的愿景，其中的历史类似于科幻小说，他认为："种族不平等在戈比诺这里不是产生政治行动的学说，而是在普遍历史边缘的遐想，在本质上与卢梭相似：他津津乐道的原始雅利安人就像自然人，已经消失了几个世纪，被社会彻底扭曲了。"

他又说："戈比诺的沉思不是在知识层面上展开的，它服从于焦虑的内心的冲动，在他少年时代对家庭的恐惧中诞生，在资产阶级王朝的统治给他青涩的野心造成的挫败中发展。"

玛塞勒·贝热龙甚至说："这部论著是什么？这基本上是一部文学作品，一首充满了最痛苦的悲观情绪的诗。这是个人悠长的哀叹，借助它，所有梦想的、合拍的、殉道的、修剪过的、颂扬的历史——在一个法国散文最美丽的时期——通过令人眼花缭乱的捷径，呼之欲出。历史被传唤。它带着血痕出现了。军旗飘扬，军乐奏响，乘风破浪。披着母狼的毛发。"

这部论著的结论很雄辩，要比为此费力搭建的整体构架更进一步："可悲的预测不是死亡，而是肯定会退化到那里。如果我们没有因感到贪婪的命运之手已放在我们身上而暗自恐惧，那么我们甚至会对为我们的后代保留的这种耻辱麻木不仁。"

戈比诺坦言："我的思想源于我的气质、我身心的特质、我的健康状况、我的幸福或不幸，我对这些状况几乎不采取行动，这基本上是强加给我的，我无能为力。"

至于托克维尔，他对这本书的评价并不高："我仍然站在您的教义的反面。我认为它们很可能是错误的，而且肯定是有害的。"但托克维尔并不因此收回对他的前内阁主任的友谊。

让我们补充一点，分四卷出版的《论人类种族的不平等》在作者心目中只不过是一部更重要的著作的前言。该书题为《挪威海盗、诺曼底布雷地区的征服者奥塔 – 贾尔及其后裔的历史》[53]，也分四卷。因为戈比诺自称是斯堪的纳维亚人，是金色长发、目光坚毅的，高傲的维京人的后裔："我十五岁时就开始写这部著作了，这确实不假，这证明我的写作并不轻率。"

　　1855年2月14日，马赛。——傍晚，戈比诺偕同妻女登上"帝国邮轮公司"的一艘大型邮轮。目的地埃及。天气恶劣，海浪汹涌。除了戈比诺，他的家人都病了。但是，经过锡拉库萨[54]时，夏天的太阳已经照耀在泛光的海面上。

　　船途经希腊，经过十天航行后，在亚历山大港停靠。戈比诺被当地人的好客、仁慈、友善和快乐所感动。只是那些欧洲人，他们的蔑视、自大和渎职行为令他厌烦。他不觉得自己属于"自己的种族"。

　　甫一踏上埃及，他就宣称自己站在战败者一边，反对胜利者。3月20日，他初见开罗，"一座崇高的城市"。然后是金字塔。这段宏伟的过去映入他的眼帘，但他也悲哀地看到这种伟大的精神在现代社会完全消失了。

　　1855年4月12日，苏伊士——一座缺乏活力的小城市。尽管如此，他还是被迷住了，他很开心。他计划在这里度过余生。法国使团踏上印度公司的一艘英国船，该船前往孟买。在那里，面对黝黑肤色的船员，戈比诺赞叹："我从来没有见过这么美而精致的人。"

　　4月18日，吉达。——那时还是红海沿岸的一个小港口，离麦加不远。他记得自己年轻时想成为一名穆斯林——同时乞求免割礼。挑衅？渴望异国情调？这无疑是对他的教养和阶层的一种执拗的反叛。但他的热情并没有减退，他的好奇心被刺激起来。在这里，不再有种族主义偏见的问题：他被东方的精致所征服。

　　5月5日。——"维多利亚号"在波斯湾北部的布什尔港停靠。在一位将军和两名骑兵的护送下，使团向德黑兰进发。烈日下，路途遥遥。沙漠、陡峭的山口。傍晚时分，众多仆人搭好帐篷后，没忘了在地毯上摆放数千朵玫瑰。他惊叹不已。

　　两个月后，使团浩浩荡荡抵达德黑兰。戈比诺成为法国驻波斯公使馆的一等秘书。"我最重要的事情是认真学习波斯语，我每天花三四个小时，甚至一整天时间。我一生从未如此幸福过……"

　　这幅图景上唯一的阴影是那些欧洲人。他们"很少观看，看不惯，或者根本视而不见"。他无法忍受他们的傲慢，无法忍受他们对波斯的一切无动于衷。他们中大多数人"不懂这个国家的语言，并且认为学这门语言没用。他们对当地的历史毫无概念，他们在周围蠕动的人群中，只察觉并且认出少数个体，通常是他们的仆人；他们居高临下地鄙视这些人，因为他们穿衣、吃饭和说话的方式与自己迥异"。

　　公使感到无聊至极。他最后要求度假，并把使团委托给戈比诺。

　　1856 年 10 月。——克莱芒丝怀孕了。她决定回法国生产，女儿黛安娜陪伴她。路上，霍乱暴发，每天都有几十人死亡。到处都挖了坑。黛安娜也病倒了，"一种黑色的瘟疫热病"。连续几个星期，她一直处于癫狂状态。医生说她很快会死去。但她幸存下来。她和母亲找到一辆前往俄国边境的马车。

　　她们在黑海登船。水势凶猛，舵被掀走。怒涛汹涌，她们不得不被绑在床铺上。历经八天的狂风暴雨，她们终于到达君士坦丁堡时，已经精疲力竭，站不起来了。

　　12 月 23 日，她们到达马赛。3 月 23 日，克莱芒丝生下她的第二个女儿：克里斯蒂娜。埃居尔·德·塞尔是教父 ——不久以后他在雅典死于痢疾。

　　戈比诺独自留在德黑兰，并不感到时光漫长。他觉得自己"比波斯人更像波斯人"。

　　他早上六点起床，晚上十点睡觉，只喝水，吃得很少。白天，他在毛拉的帮助下阅读《古兰经》，与学者和哲学家为伍，研究苏非主义[55]的秘密学说。他沉浸在波斯文化中，研究其最细微的褶皱。

在法国，因为戈比诺的伯父蒂博·约瑟夫留下一笔遗产，喜欢奢侈与浮华的克莱芒丝得以在法国瓦兹河谷地区的特里城堡定居。卢梭曾应孔蒂亲王之邀在那里住了一年，写下《忏悔录》的部分内容。

1858年4月。——戈比诺在波斯首都待了三年后回到法国。一年前，他曾写信给他的朋友普罗克施："我很清楚，回到欧洲后，我将终生思念亚洲。"

拿破仑三世任命他为全权公使。1862年1月2日，他带着这个头衔回到德黑兰。抵达的时刻令人感动。从边境到首都，每个人，无论是平民还是宫廷人士都热烈欢迎他，商人们紧随其马车，有些人流下了眼泪。他还记得他们的名字，打听孩子们的情况。

这些人"穿着长袍，用手指吃饭，坐在地上"，他欣赏他们，理解他们；他们让他快乐。他很快就写了一本书，一本令人钦佩的书——《亚洲三年》，详细叙述他是如何浸淫于波斯社会的。

这种经验，远非偏见，引发了他的这段表白——正如让·布瓦塞尔所摘录的："我试图排除对我所研究的民族抱有或真或假的优越感。我想在对他们的生存方式或感受做出判断之前，尽可能让自己处于与他们不同的角度。最重要的是，我尽可能使自己远离那些堂而皇之的结论，这些结论在今天最流行。因为，写出话语，自己并不相信，但又认可，这正是时代的主要特点。"

　　1864 年 11 月 17 日，雅典。——戈比诺携妻子和两个孩子进入比雷埃夫斯港，迎接他的是一连串礼炮声。皇帝已经任命他为大使和全权公使。他的对话者将是刚刚登基的年轻的国王乔治一世[56]——他十九岁，但戈比诺说他"就成熟度而言，也许不超过十五岁"。

　　戈比诺鄙视希腊，毫不掩饰地怀念奥斯曼帝国对希腊五个世纪的统治。这一观点将使他失去职位。

　　当克里特人反对土耳其占领者的起义 [57] 爆发时，他公然站在土耳其人一边，从而失去了国王的信任。

　　他对古希腊无感——他对民主的厌恶部分地解释了这一点。"至于希腊人，"他在两年前写给女儿的信中说，"除了毕达哥拉斯之外，我把他们都甩给你。其余的都是艺术家，仅此而已，这不够重要。"

　　由于对东方的崇拜，他否认古希腊人是他们神话的作者，认为这些神话只不过移植了古代亚洲的神话而已。

对于现代希腊，他认为它只是由 "小激情、小利益、小人物、小俏皮、小阴谋，一切小的"构成的。

然而，他即将迎来一次他可能没想到的奇遇。他爱上了两个年轻雅典女子，即德拉古米斯姐妹佐伊和玛丽卡。他宣称自己是后者的"教子"，因此称她为"亲爱的教母"，但他对佐伊的感情更为强烈。他几乎每天都会到散发着夹竹桃香的房子里喝咖啡，听两个女孩弹钢琴，跟她们聊天，讲离奇的故事，这是他最拿手的。

　　这是一种隐晦的爱，由堂而皇之的柔情和禁忌的欲望构成。这也是他扮演导师的一个机会。他敦促她们阅读他的"激情作家"：歌德和莎士比亚。

　　德拉古米斯夫人也在场，她出席并参与这些会面。在离开雅典前不久，他终于大胆地对她承认他对她的女儿们的爱情，特别是对佐伊。这是一场没有结果的爱情，只残存在他们两人的通信中。

　　1868 年 9 月 10 日晚上，他眼泪汪汪地回到法国。几个月后，他很不情愿地踏上了前往里约热内卢的旅程，没有家人陪伴。这项任命有惩罚的意味。他听天由命，与同事们在一家为游客服务的酒店住下。他无论如何都对这个国家提不起兴趣。然而，一个巨大的惊喜在等着他。与所有礼宾程序相反，他在抵达当天就收到了巴西皇帝多姆·佩德罗二世[58]陛下的邀请。

　　皇帝陛下宣称是他的崇拜者："我早就知道您的作品和您这位作家了。" 作为《中亚的宗教与哲学》一书的忠实读者，皇帝邀请他的客人常来，只要他愿意。戈比诺就这样在皇宫小型的私人沙龙消磨时光。

　　一天晚上，在看完一场演出后，他扇了一位巴西医生耳光，并揪掉了他的胡子 —— "我好像热血沸腾，非打一架不可"。

　　但这些愉快的夜晚并不足以驱散他的阴霾。他很忧郁。然后他遇到了荷兰领事的妻子奥蕾亚·波斯诺，一个被丈夫冷落的女人。她很漂亮，褐色的皮肤，带着一种迷人的温柔。各公使馆的社交名流未尝对她不感兴趣。她和戈比诺之间到底发生了什么？后者有一段时间一直致力于雕塑创作，邀请她为他摆姿势。这是一个他可以完全占有她的机会。但戈比诺并未多言，他没有倾诉心事。

　　这一关系，不管是真实的还是假想的，都不妨碍他在"猴子、椰子和鹦鹉"中间郁郁寡欢。

他坚持要休假，得以在 1870 年 3 月返回法国。他回到他在特里的城堡。他已经是这个镇的镇长，又成为韦克桑地区肖蒙县的参议员。但 7 月 19 日，法国宣战了，普鲁士人入侵法国。秋天，他们占领了特里，军官们搬进了城堡。戈比诺和他的家人被迫与占领者一起生活。他利用自己的外交技巧和娴熟的德语，就德国人要求该县提供的战时捐款数额进行谈判，争取到了最低额度。他很有说服力。居民们毫不掩饰他们的钦佩和感激之情。他几乎成了"名人"。

1871 年 3 月 18 日，巴黎公社起义爆发。戈比诺并不觉得与叛乱分子意见相左。他理解他们的许多要求，特别是反对许多城市都体现的国家中央集权主义。他也毫不犹豫地宣布自己是博韦 [59] 人而不是法国人。

他的政治思想很简单，甚至自相矛盾。流血周 [60] 激发了他对凡尔赛人的彻底蔑视，他们更擅长屠杀巴黎人而不是击退普鲁士人。

他是一个反动派、保守派吗？对他来说，一切都失去了，没有什么可保留的。

他也不是民族主义者。民族是希腊人的发明，被雅各宾派美化了。创造历史的不是民族，而是文明。

他鄙视路易十四以来退化的贵族。他鄙视资产阶级："我真喜欢资产阶级，我的上帝，我多么爱他们啊！"

他鄙视 "诚实的人"："如果向他们承诺他们将永远保留钱财，他们将是第一个不光允许，而且提议不仅将耶稣会教士，而且将本笃会教士、卡普钦会教士、圣父、圣子和圣灵驱逐出宇宙的人。他们没有心肝，没有灵魂，没有性格，什么都没有：他们是世界上最坏的无赖，对他们没有什么可期待的。"

他鄙视穷人，这些 "偶然的产物"，他们 "没有灵魂"。

他鄙视法国："直到这个肮脏的国家被最遥远的哥萨克人踩在脚下，我才会安心。"

这是一种带着痛苦的怀旧情绪的蔑视："我们可怜的祖国正处于罗

马的衰落时期。当贵族德不配位时，一个国家就会消亡。我们的贵族是一群傻瓜、懦夫和虚妄之徒。我不再相信任何东西，也没有任何意见；从路易-菲利普开始，我们找的就是下一个见风使舵者，他把我们拱手相让，因为我们没有力量，没有道德力量。正如巴比耶所说，黄金已经扼杀了一切，而宗教本身与我们的思想和文明太过疏离，无法把它从泥潭中拉出来，它在其中日复一日地越陷越深，很快就会遭遇灭顶之灾。永别了，信仰的时代、希望的日子、光辉的未来！"

当他的女儿克里斯蒂娜要嫁给一个希腊人时，他似乎松了一口气："我还是很高兴她没有嫁给一个法国无赖，这是我非常担心的。"

他的妹妹卡罗琳在修道院的房间里也这么说："唉！是的，国王比人民还多，你的看法很对。法国人是如此愚蠢，他们堕落的程度根本没有触动他们。他们将在一个美好的早晨惊讶地在'（巴黎）公社'中醒来，但这能使他们开窍吗？我不相信：他们会重新开始同样荒谬的选举制度、议会主义，直到有一个能敲打他们的主人出现，而且，即使他是一个外国人，他们也会忍受。"

卡罗琳的幼稚有时令人感动："自1789年以来，季节总被打乱。现在，革命比以往任何时候都更有控制力，温度受到影响是自然的。说笑归说笑，自从那个邪恶的时代以来，似乎出现了以前完全不知道的血液和神经系统疾病，而且医生说他们不得不使用与以前完全不同的治疗方法。"

她接下来受到这条新闻的启发，走得更远："不久前，在离索莱姆不远的地方，发生了一件事，很能说明统治我们的政权。在瑞涅附近，有一个红色共和党人，他有个近七岁的小男孩，这孩子有变态的本能，是一个真正的卡利古拉[61]坏子。这个小怪物，从很小的时候就喜欢制造流血和痛苦。他首先对猫、狗等动物残忍。后来他想淹死他的两个小伙伴，却丝毫没有受到父母的惩罚。然后，在一个晴朗的日子里，他扑向一个可怜的四岁的小男孩，把纸和绳子塞进男孩的衣裤，然后点燃。

可怜的母亲在孩子的哭声中奔跑过来，但为时已晚：小男孩在可怕的痛苦中死去。警察自然被叫来了，警长审问了这个小坏蛋；但是，以孩子还未满七岁，以不能被关进监狱为借口，他仍然享有自由，他父亲也如此。后者趁机找来一位激进的治安法官，他做了反调查。那人和他儿子指控一个六岁半的好孩子，孩子的父亲是一个非常诚实的人，职业是矿工，是圣则济利亚的门徒。这个善良的小家伙以令人钦佩的能量为自己辩护。如果不是瑞涅伯爵先生得知此事，向拉弗莱什法院提出申诉，受害小男孩的家人可能不会胜诉。法院再次坚定地审核此案，而那个小恶棍也招供了。离开法庭时，父亲为他的宝贝儿子说出真相感到愤怒，狠狠用鞭子抽了他。"

戈比诺爱说："我是那种喜欢鄙视人的人。" 然而，他并没有忘记自己的职业生涯。如果巴黎发生的事件使他无法返回巴西，他必须找到一个称心如意的职位。因此，他找到了梯也尔[62]。梯也尔最终任命他为驻斯德哥尔摩大使。

"我看到所有瑞典妇女都热衷于刺绣、挂毯和东拉西扯。——你为什么要做这些漂亮的丑东西？——这是给我丈夫的，这是给我母亲的，这是给我叔叔的。"

　　在斯德哥尔摩，他租了一套四室的小公寓，并越来越多地投身雕塑创作，制作了大约三十尊半身雕像。

　　在谈到北方的新教时，他注意到："它既没有降低也没有提升。归根结底，斯堪的纳维亚人只是行政层面的天主教徒或者新教徒，他们思想的核心仍然是异教。与今天的希腊人绝对一样，虽然是不同的异教。这是一个非常奇怪的状态。"

　　他的职业让他厌倦："昨天，我把部长们和一些宫廷人士请到我这里来。我举杯二十一次，和我的客人人数一样多。但我承认，我是在喝了一杯雪利酒的情况下完成的。作为回应，我的客人们每次都把酒杯里的酒干掉，而且他们彼此干杯。这非常令人疲倦而且无聊。只要德意志帝国议会存在，这种社交活动就总会有。我们还有两个月的时间，到时就再找不到一只猫来喵喵叫了。"

　　在斯德哥尔摩雷德堡酒店的餐厅里，他遇到了玛蒂尔德·德·拉图尔。她是个充满爱意和保护欲的女人，而且是个画家。她丈夫喜欢打牌而把她撂一边。他们有一个女儿，让娜。戈比诺立即收养了她，且视她为己出。

　　玛蒂尔德和戈比诺在剧院进一步了解了对方。他成为她的"主人、朋友、父亲、同仁、仆从骑士"。情人？可能是吧 —— "我希望他爱我，但我不希望他表达出来。如果我爱他，我也不想承认这一点"，她坦承。

后来，她这样描述他："高大、瘦削、头发花白、肤色苍白，（似乎）周围有一层光环……在令他着迷的思绪的影响下，戈比诺不再感觉到自己的身体的存在，而重新找到了自我；但当思想的兴奋剂不再起作用时，他的疑病症就会占据上风。"

他想写一部关于瑞典的伟大作品，描绘这个国家的完整图景：地质、自然地理、古代神话、语言、种族、历史、工业、农业，还有商业统计、立法、人口、移民。他后来没写。

  他在给卡罗琳的一封信中承认："总之，信仰对我来说一点都不难。我原则上承认一切，最超自然的超自然现象都不会令我烦恼。我觉得很简单，科学和理性咬不动它，而我把科学和理性送回厨房。但最大的困难是，我根本就不关心。所有的神学真理，无论是被接受的还是被抗拒的，尽管可能对我的思想产生很大影响，对我的心却没有丝毫影响。"他还说，"可以肯定的是，要想得到恩典，就必须祈求，而要祈求成功，就必须已经拥有少许恩典。否则，就不会去祈求，或者迫切地祈求。"

　　在内心深处，戈比诺是异教徒，那是一种被称为"维京"的异教。这不假。

　　他的妹妹对此表示遗憾："不幸的是，你把生命的源泉置于无用的抽象化之中，所以在你的思维中只剩下虚无。"

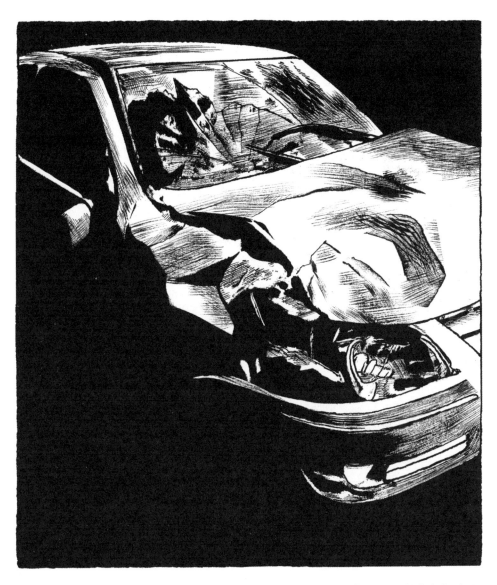

　　有时戈比诺会怀疑自己的异端邪说，比如他遇到卡罗琳的朋友谢弗鲁斯夫人时："她把我从谬误中拉出来，她把我带回教会的怀抱。她让我彻头彻尾地放弃无神论、伊斯兰教、半伯拉纠派[63]、孟他努教[64]、摩尼教[65]、卡特里派[66]、诺斯替派[67]和撒伯里乌派[68]以及奥菲派[69]。她把我带到萨布雷小教堂，乔斯神父主持，以娴熟的手法为我进行了一次净化洗礼，然后开始其他的仪式。"

　　戈比诺的信仰可以概括为："除了上帝的存在和灵魂的不朽，一切皆可讨论。"别忘了，还有这句格言："在生活中，先有爱，再有工作，然后就没有了。"

在戈比诺的家庭生活中，他的婚姻关系很可悲。据他妹夫说，克莱芒丝是"一个坏女儿、坏妻子、坏姐妹和坏母亲"。戈比诺补充说："这个患了狂犬病的人，是个泼妇。"又说，"她疯了。"

当然了，为荣华富贵而疯狂，为盛况而疯狂，为社交而疯狂，为消费而疯狂。戈比诺的妹妹卡罗琳也这么说："她是让我们整个家族毁灭的唯一原因。我可怜的亲爱的阿瑟，你把一切都留给她，让她自私自利到底，损害你和她可怜的女儿们，这样好吗？"

戈比诺说她是"永恒的地狱"。他喊道："这个女人真是个怪物！"他哀叹："她的态度很简单：她指责我做事的方式并告诉所有人；她指责我写的东西；她指责我的雕塑；她指责我的每一个字。而这种愤怒之所以如此强烈，是因为她知道，在重要的问题上，她从未对我产生过任何影响或威信。因此，她是一个永恒的地狱。"

她反驳说："您永远不会明白我对您的蔑视有多深。我谁都不欠。我尊重我自己，也得到所有诚实人的尊重。"

她威胁要向外交部长举报他，说他要饿死她。

他没有屈服。他向妹妹倾诉："砰砰砰，叮，啪嗒梆，啪嗒梆，啪嗒梆，叮，砰！战斗！我真服了这厚颜无耻的荡妇。但如果她不幸落入我手中，瞬间她就会没了重犯的欲望。新的情况是，克里斯蒂娜小姐（他的小女儿——作者注），在这之前一直是个哑巴角色，现在已经完全像她母亲大人一样粗暴。"

整个家是一团糟。妻子和女儿们在他眼里都是蛇蝎妇人。他后来说他的长女："她在精神上和我太像了，但在高于精神的智力上一点也不像。"

　　在挪威旅行期间，国王奥斯卡二世加冕之际，戈比诺和玛蒂尔德·德·拉图尔海誓山盟，要"结盟、互助而忠诚"。然而，尽管有这种意外的浪漫，他只有一个愿望：尽快死去。他五十七岁，心力交瘁。他是一个痛苦、忧郁的老人，从未停止过咀嚼最黑暗的想法，对那些啃噬他的遗憾无法释怀：对不被理解的遗憾，对他的事业、他厌恶的婚姻和家庭生活的遗憾。通过他的生活，也可以解读他在论著结论中流露出来的绝对悲观主义。

　　他在给妹妹的信中说："但你知道吗？没有任何历史是真的历史。每个人都从物质本质或道德本质获取他亲眼所见和他的思想所寻求的东西，仅此而已。其他人分享其余部分。什么都是真的，又都是假的。每个人的观点都有一点正确，每个人的观点又都不充分。这样，拥有最偏狭和最坚定的观点的人，加上额外的才能，确实可能成为修昔底德、塔西佗[70]、色诺芬[71]。心胸宽广的人是和蔼可亲的业余爱好者，他们不创造任何东西。"

　　然后又说："这个地球是一座痛苦的山谷、一口冲突的深井、一只荒凉的瓦罐、一个厄运的色拉盆。"

　　然而，还有一个喘息的机会。他写了他最著名的著作之一《文艺复兴》，这是一幅描绘 15 世纪末意大利伟大主角的雄伟画卷。马基雅维利、利奥十世[72]、萨沃纳罗拉[73]、米开朗琪罗、拉斐尔、提香、切利尼[74]、阿雷蒂诺[75]和博尔贾[76]的对话才华横溢。圣诞节时，他把手稿送给玛蒂尔德："我写这本书是因为您想要，因为您感兴趣。它完全属于您。您烧了也可以，如果您觉得这样似乎更好的话……"

　　他的后半生是在旅行中度过的：莫斯科、塞瓦斯托波尔、敖德萨、君士坦丁堡，以及雅典。他在雅典与德拉古米斯姐妹重逢。这一次，是玛丽卡获得了他的感情。

　　他谈到斯多葛派："瞧，有些人找到一条好出路。我真佩服。他们头上挨了从四十二英尺高处砸下来的横梁，但只消否认距离乘以重力的平方效果，否认横梁的存在，否认大脑的混沌，就足以让他们处于世上的最佳状态……"

　　1876 年 11 月 24 日，他在罗马。这是他第一次看到这座不朽而庄严的城市。不过，他还是从中看出某种悲伤。他又见到了玛蒂尔德。

　　他很快受到庇护九世[77]的特别接见。他见到了李斯特，他们成为朋友；他还见到了霍恩洛厄枢机主教、赛恩 – 维特根斯坦[78]以及理查德和科西玛·瓦格纳。

　　接下来是佛罗伦萨、柏林 —— "那天午餐时，我们讲法语、土耳其语、波斯语、葡萄牙语、意大利语、英语和德语"。

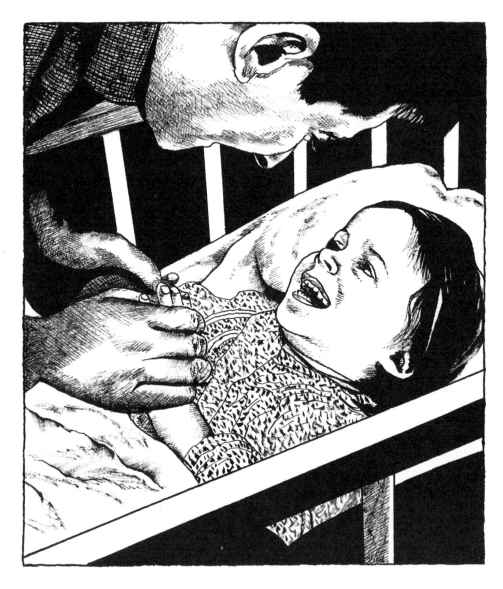

　　一封电报把他召回巴黎：外交部长让他退休。这无所谓，他把更多的时间用于雕塑创作，但从未获得成功。

　　从那时起，他从一个城市流浪到另一个城市，居无定所。经过特里时，他发现城堡里的珍贵家具被清空了。克莱芒丝拿走了一切，或变卖了偿还债务。她已经搬到了巴黎。他不会再看到她。"臭名昭著"的戈比诺夫人试图通过各种诽谤性的流言蜚语玷污她丈夫的声誉。特别是她到处说，他的第二个女儿克里斯蒂娜不是他的孩子。一派胡言。

　　1877 年。——走投无路的戈比诺去了罗马，他仍然坚信他具有雕塑家的天赋。他在一个小旅馆里安顿下来，"像个学生一样"生活。他在那里过冬，租了一间工作室：他想成为一名"职业艺术家"。他向佐伊·德拉古米斯坦言："我像个学生一样生活在一位好心的皮埃蒙特人租给我的一个小房间里，我赢得了他的好感，他像照顾婴儿一样照顾我。明年我会有一个完整的单元房，但愿不会太贵。我已经成为理想的吝啬鬼，您就把这视为自由的基础吧。"

　　他的知识分子朋友圈很小。他时不时见到来罗马拜访他的欧内斯特·勒南 [79]——但他更喜欢他的妻子科内莉亚。他说："我正在阅读人家送给我欣赏的一部美妙而荒唐的作品，即勒南作品的第五卷，题为《福音书》……首先，它像雨一样沉闷；其次，其中的事实错误像西班牙斗篷上四处游荡的跳蚤；然后就是甜蜜蜜、香喷喷的，一件理发师的作品……您想想，一个断奶已久的人对您这样喋喋不休地谈论童年！应该罚他八天不吃糖。"

　　1878 年 7 月 16 日。——为逃避炎热的天气，他回到巴黎。他在街上闲逛。他将特里城堡出售，找到了一个买家，但售价很低。他在洛里昂待了几天，那是他度过童年的地方。然后又出发去罗马。

　　第二年夏天，他在蒙特贝洛街找到一间稍大的公寓。两年来，他一直住在"永恒之城"，尽可能多地进行雕塑创作。他站在工作室里，汗水淋漓。他的眼睛状况很糟糕，尽管他努力医治，但他的视力越来越差。

　　他与妻子及女儿黛安娜和克里斯蒂娜的关系处于最糟糕的状态。"这些人渣真让我受够了。但可以说，这并没给我带来多大困扰。"

他更进一步："我觉得家庭是一个相当美妙的机构。这真是一个组织严密的贼窝啊！ 我们在家庭里可以不受普通法的约束。这真可爱。如果只涉及我自己，我会说我是个例外。但我只看到例外。"

关于他的小女儿，他写道："我不了解克里斯蒂娜。在她的一生中，我与她交谈不超过一刻钟。"

他安慰自己："感谢上天，我没有儿子，如果有的话我不知道他们会变成什么样子。" 对他来说，戈比诺家族已经完蛋了，他们是最后一代。哀叹有什么用？他自我宽慰："我们今生有多糟糕，来世就该有多好！"

戈比诺还抱怨他的出版商。他的书销售非常糟糕。他气愤地说："自十月份，也就是一直下雨的这个月以来，我这个狗娘养的出版商（愿他的父亲、祖父、曾祖父以及他所有的后代，还有他的叔叔、姑妈、堂兄弟和堂姐妹们，永远下地狱吧！真主保佑！保佑！保佑！）一直拖沓，让我难以忍受。"

1880 年 9 月初。——他去南蒂罗尔[80]度假。玛蒂尔德在让娜的陪同下与他会合。他们一起出发前往威尼斯。她后来说："戈比诺一反常态，非常忧郁。我想他很痛苦。他主动跟我谈起，他还从没有这样过。他谈到他设法掩饰但无法克服的气馁、他不可逾越的生存困境。他说除了即将到来的死亡，他别无出路。他希望并等待着死亡，他的健康状况让他确信死期将至。我永远没想到，在我们习以为常的开朗和欢快的外表下，会隐藏着如此巨大的悲伤。"

10 月 22 日，戈比诺在哈茨菲尔德公主家又见到瓦格纳夫妇。他们住在运河边上的温德拉敏宫[81]——三年后，瓦格纳在这里死于心脏病发作。

　　在这对惊讶不已的伉俪面前，戈比诺对塞万提斯进行了尖锐的批评，这个
"罪恶的坏蛋"在他的《堂吉诃德》中贬低了骑士的荣誉感，使其在资产阶级眼
中变得可笑。

　　瓦格纳被他敏捷的思维和渊博的文化所吸引。"这是我唯一的同代人！"他
感叹道。瓦格纳还邀请戈比诺在 5 月到他在德国拜罗伊特的瓦恩弗里德别墅[82]
小住。

　　冬天，瓦格纳夫妇阅读了很多戈比诺的著作。

科西玛在给他的信中写道："我想到我们在威尼斯与您共度的时光，亲爱的伯爵，我们已经开始认识您，爱上您，钦佩您（这是一体的）……"

她在其中一封信中强调："亲爱的，最亲爱的伯爵，我们把人类心中最美好、最真实、最深层的一切献给您。"

读到《文艺复兴》的最后几页时，她忍不住流下眼泪；而理查德在谈到《亚洲新闻》或《七星》时，也不吝赞美之词。

因此，1881 年 5 月 2 日，瓦格纳家中接待的是欣喜若狂的戈比诺，他很高兴但疲惫不堪，一直表现出虚弱的迹象。他感到身体的衰弱和精神的悲哀——据医生说，这是"老年性忧郁症"。他说这些医生，"现在是，过去是，将来仍然是驴子，只要医学存在"。

埃里克·尤金指出："理查德和科西玛·瓦格纳对这个被遗弃的人充满了同情。是同情心让他们采取行动。面对他的自恋、仇恨和痴迷，瓦格纳可以表现出爱和友谊。"

如果说瓦格纳感叹"我的上帝！我为什么这么晚才认识唯一独特的作家"，他和戈比诺之间的误解其实很深。音乐家希望德意志民族能够在上帝，特别是在坚定的民族主义政治的帮助下再生。他对德意志民族抱有很大希望，这是他对随处可见的颓废的回应。科西玛对戈比诺推心置腹地说："难道有一次我看到我丈夫，竟不确信他的种族是纯洁的？"

戈比诺对这种天真的乐观主义嗤之以鼻。他对这个世界不仅深恶痛绝，更是不屑一顾。他认为拜罗伊特的"再生"工作是一种荒谬，首先是因为"雅利安家族，尤其是其他的白种人家族，在基督诞生时就已经不再绝对纯洁了……从抽象意义上来说，白人这个物种已经从世界上消失了……因此，现在只以混血儿为代表"。

在戈比诺看来，"白种人"由于"一系列无限的混合以及随之而来的枯萎"，已经达到了"各种平庸的极限：身体的平庸、美的平庸、智力的平庸，几近于无"。

至于长期与斯拉夫人和凯尔特人混居的德国人，他们决不能声称继承了古代雅利安人的遗产。

民族的混合一直是整个宇宙的命运。再也无法回到"原始的纯洁"。

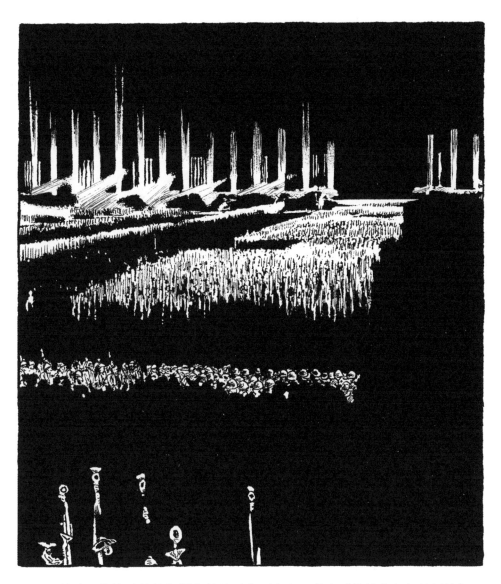

　　瓦格纳不能接受他的新朋友的绝对悲观主义。他在《英雄主义与基督教》一文中彻底驳斥了戈比诺的思想。然而，两人并没有翻脸，而且避免任何公开论战。因为戈比诺知道自己的缺陷。他在谈到与瓦格纳夫妇共同生活的俄裔画家保罗·冯·茹科夫斯基时坦言："您不觉得他有一种罕见的、宝贵的狂热分子气质吗……就像我一样？"

　　5月25日，戈比诺在他情况最糟糕的时候，作为嘉宾去柏林歌剧院观看《莱茵的黄金》[83] 的盛大演出。

　　他对卡罗琳说："但一切都令我痛苦。我站不起来了。我头晕目眩，随时可能摔倒的念头令我神志恍惚。总而言之，我身体不好，尤其是我已经独自生活了三个星期，你能想象，我没有多少话可说。事实上，如果所有的魔鬼都想要我，我愿意把自己交给他们。"

　　几天后，在经过纽伦堡和伯尔尼的长途旅行后，他来到玛蒂尔德刚刚继承的沙梅昂城堡休息。这是一座 15 世纪的城堡，建在海拔八百三十米的高原上，面对多尔和多姆山脉，俯瞰着富饶的利马涅平原，阿列河在这里流过。

　　戈比诺几乎失明。前不久，他给她写道："我请求您，无论如何不要抛弃我，与我保持友谊，直到最后。帮助我死去……这不会太久的……您无法想象我多么孤独！"

　　尽管如此，他还是开始写《墨洛温王朝历史》，该书未完成。

　　1881年11月10日，他在比萨。医生告诉他，他患的是贫血病。他体内砷含量很高。他无法站立。

　　"我无休止地受折磨，我诅咒我的命运……如果可以，我会立即离开这里，但我不知道该去哪里。我很烦、很烦、很烦，这算什么呢。我希望今年是我一生中最后一次来到意大利。"现在意大利在他眼里是"一个可恶的国家"，"去的次数越少越好"。

　　他回到罗马。他的孤独感压垮了他。没有任何事，也没有任何人能够分散他的情绪。关于他妻子的消息更让他不知所措，女儿们的消息令他苦恼。他把克莱芒丝没有从他那里偷走的东西留给了她们。对他来说这都无关紧要。拉图尔夫人写道："他不再想拥有任何东西，并认为只有摆脱一切——他的房子、他的家具、他的工作室，特别是他的仆人，他才会得到安宁。"

　　1882 年 5 月 10 日。——他的神经衰弱不堪，行走困难，看不到前面两步远的地方。他在这种可怕的状态下再次去了拜罗伊特。科西玛·瓦格纳尽一切可能照顾他。更加深他痛苦的是，她和瓦格纳都对他现在的正式伴侣玛蒂尔德不屑一顾，对她冷嘲热讽。没关系，戈比诺回到沙梅昂，尽管秋天这房子里不太舒服。玛蒂尔德在罗马。他计划与她会合。

　　6月，他去了萨尔茨堡附近的加施泰恩温泉疗养地。他听说这里非常好。贵族们都来这里泡澡。他定期给科西玛写信。

　　6月22日："我前天晚上到这里，今天早上我这个糟老头第一次泡澡。我就不跟您细说我的不幸了。"

　　6月27日："我的眼睛比以前更糟了。天气就像一只野狼。这水足够我余生享用了。我不太相信这种无稽之谈。"

　　6月28日："这个加施泰恩温泉太愚蠢了，我在这里很痛苦。我不太相信这儿的温泉，更不用说我根本就不大相信温泉。这对我来说太拉丁风格了。大雨倾盆，这就是我所看到的一切。"

　　6月29日："我的病情加重，疲惫不堪，我不知道怎么设法去旅行。加施泰恩正在并且已经给我带来很大的伤害。"

　　7月3日："但是请问，谁发明了像加施泰恩温泉这样有害而愚蠢的东西？！雨下个不停，泡澡令我非常痛苦。"

7月（4日或9日）："请原谅我写得如此糟糕，我不在加施泰恩这个鬼地方时，会写得好些！"

8月18日，他回到沙梅昂。他再次给科西玛写道："您和疲劳的大师是什么情况？请告诉我这一切。我在加施泰恩一直病得很厉害。我回来时病得更重，病情比夏天还严重。最重要的是我精疲力尽，您看我写得多痛苦。"

　　1882年10月10日，圣日耳曼-德福塞。——他坐火车去意大利，独自一人，没有人陪伴。

　　第二天早上，他抵达都灵，精疲力竭。他在利古里酒店的一个房间住下，休息了一整天。

　　12日晚，他想离开都灵去比萨。他要坐马车去车站。但是车夫发现他脸色铁青，无法动弹。他被带回酒店。一位医生被叫来。戈比诺要求找一位牧师。他接受了敷圣油。

　　夜里，酒店经理照顾他。一位修女和一位护理在他床边。

　　13日星期五中午12点半，他死于中风。

他的手颤抖着，在一张小纸片背面给玛蒂尔德留下最后一句话："我拥抱让娜。"

　　他被埋葬在都灵公墓。只有玛蒂尔德的一个亲戚在场。没有妻子，没有孩子，没有朋友。

　　听到他的死讯后，瓦格纳对科西玛说："刚遇到一个人，他就从你指缝里溜走了。"

时间的肉体

沐浴在无谓的滂沱泪水中，
青春的光芒熄灭了。
我们的叹息变成了风。
愿天空迅速改变颜色！

——克里斯蒂安·霍夫曼·冯·霍夫曼斯瓦尔道[84]，《幸福的劝诫》

2014 年 12 月 5 日，布宜诺斯艾利斯。——无情的太阳在林荫道上燃烧。相邻的小巷里，大树参天，绿荫蔽日。你可以一直往前走，直到时间消失：这个城市大到非人性化。出租车，不计其数，为人类代步。疲惫不堪的司机们开着黄黑相间的车辆：他们无处不在，不分昼夜。他们以极快的速度行驶，相互摩擦，相互粘连，相互避让，相互超越。这是个视频游戏。他们当中一些人已经将神经直接连到刹车系统上。

　　两位女士在一家鞋店的橱窗前停下。她们睁大眼睛仔细琢磨每一件商品。谁会想到幸福就在脚下？

　　昨晚，我即兴参观了维托尔德·贡布罗维奇[85]从 1945 年至 1963 年在委内瑞拉街居住的建筑。陡峭的楼梯沿着光秃秃的高墙，在一个拐角处通往他的房间。当时这是一所寄宿公寓。严肃，没有一丝喜悦。来访者机械地窃窃私语，他的低语声在走廊里越发浓重。

    1939 年 7 月 29 日，贡布罗维奇在他哥哥的建议下，带着一个手提箱登上了"克罗布里号"邮轮，这艘船第一次前往阿根廷。船上还有其他波兰作家、记者和外交官。他到达布宜诺斯艾利斯时，得知冯·里宾特洛甫和莫洛托夫在斯大林在场的情况下，缔结了一项互不侵犯条约[86]。战争迫在眉睫。贡布罗维奇决定不乘回程的船，并在波兰公使馆登记。他将永远不会再见到波兰，他在阿根廷停留了"二十三年零二百二十六天"。

1960 年左右，贡布罗维奇写道："这是阿根廷烹饪的诅咒。"

半个世纪后，在布宜诺斯艾利斯，即使是高档餐厅也令人皱眉。有限的当地食谱以烤牛肉为主，配食微不足道：薯片、土豆泥、红薯。一种由胡椒和洋葱在油和醋中浸渍而成的无用酱汁。肉块过大，大概超过半公斤。阿根廷人的牛排煎得很透。这是一种嫩肉，纤维紧致，会留下石膏的余味。

　　别忘了馅饼，一种肉馅卷边饼，按照贡布罗维奇的说法，这不过是"一小块肉酱锅巴"。至于蔬菜，像西红柿、菠菜、胡萝卜、蘑菇，都没有味道。西红柿味道难闻，无光泽，软绵绵的，带着铁锈色。蔬菜种植不善，运输不善，运到市场时的样子很可怜。我们通过烹饪来评判一个国家、一个民族。一个不会做饭的民族仍然是未开化的。美食与财富无关。新教国家，如德国、瑞士、英国、荷兰和斯堪的纳维亚国家，他们并不缺钱，缺的是胃口。

　　我没有自己的土地。我没有塑造我体格的山丘。没有海边，没有悬崖，没有森林。我出生在一个无所谓的时刻，一个无所谓的地方。我出生在一个平淡无奇但一切皆有可能的时代。我在上塞纳省来到人世，只在那里待了几天，再也没有回去过。我不来自这里，也不来自那里。我在巴黎和阿尔萨斯 ——斯特拉斯堡、奥尔坦格 ——之间穿梭，然后又在巴黎和瑞士法语区 ——皮伊、拉图尔德佩、洛桑、戈利永、尼翁 ——之间辗转。最后落脚在德龙省的迪约勒菲镇。

　　莱茵河畔蒸腾的薄雾迷住了我的眼睛，我什么也看不见了。疲惫的老驳船沿着堤坝停泊，战争伤残者在两根拐杖之间摇晃着他们的骨架，瘸子们尖叫着乞讨，河边吉卜赛人的棚屋一眼望不到边：这就是斯特拉斯堡 20 世纪 50 年代末的气息。

　　然后是占领的气味，1943 年和 1944 年美军轰炸的味道。斯特拉斯堡人的眼中有一丝荒凉。

　　我们住在一个重建社区的低租金公寓里，阳台是用空心砖做的。这是一个装饰沉闷的环境。我真的在那里住过吗？一切都消逝了。

　　我记得战前的《米老鼠报》——这本来是我父亲和他妹妹的。我奶奶经常把报纸和新鲜的法棍面包、一片李子或黄香李酱蛋糕一起带到床上来。这真是个彩色漫画的盛大节日。我讨厌米老鼠；我喜欢《乒——乓——砰》——这是调皮的《捣蛋鬼》儿童漫画杂志[87]傻乎乎的法语标题。

　　我对沃州乡村的记忆就是我父亲租用的农舍的气味，他把农舍改成了一个作坊。还有村里清澈的喷泉水，我和妹妹经常在那里玩耍，柔和的青柠色石头上附着柔软的青苔。水在流淌，一直奔流不息。

　　我当时六岁。时间已经在一分一秒地流逝。光阴似箭，转瞬即逝，而我们则希望它长驻。还有那漫长的等待的时间，无聊的时间。还有星期天，万籁俱寂。

　　空旷的天空下，空寂的街道。广场上只有几棵树勉强在夏季黏稠的空气中颤抖。我们在街上玩。当时汽车很少，经常看到的是拖拉机。我们玩的是什么？我不记得了。

　　12月6日，布宜诺斯艾利斯。——又是一个被雨水扼杀的星期天。片状的雨，从空中洒下的血滴。汽车像窒息的鱼一样驶过，在泪水汩汩的街床上张着嘴。一对夫妇经过，在这奄奄一息的傍晚，他们是孤独的漂流者。在这个失落的世界里，他们要去哪里？

　　现在，天空留住了水。它在晚间散发出灰暗的气息。我雕刻时间之躯。

　　凌晨两点。——我在几乎空无一人的广场上喝了最后一杯。桌上有朋友，两三个醉汉。还有一个耶稣狂人。他向我走来。基督已经烧毁了他的神经系统。夜幕低垂，突然爆发的声音几乎无法将它穿透。

　　在黎明的第一道曙光里，鸟儿尖叫着唱出三个音符，就像不断重复的片头音乐。可怜的城市鸟类，不得不扯着嗓子才能被听到。

　　在动物园里，鸽子嘲弄困在生锈笼子里的鸟儿：披着猩红外衣的老鹦鹉；孤独而沮丧的巨嘴鸟；不停地要把自己活活塞满的秃鹰，因只在巨大而可笑的鸟笼里拍打翅膀而疲倦。鸽子们昂首阔步，蹒跚而行，鸭子们护送着它们，笨重地摆动着脚蹼。它们调侃着，因为它们几乎可以自由出入市中心喧闹的大公园。

　　动物园的异国情调展馆看上去破旧而迷人，它们已经有上百年的历史了。所有这些可悲的动物都将在此结束生命。这头老象很清楚，它投向人群的眼神带着世界末日的况味。它用长鼻子敲击地面，只是为了扬起一点灰尘，引起大惊小怪的咳嗽。

  12 月 24 日。——圣诞老人太热了。他们的背篓里装满了玩具，他们汗流浃背，从烟囱里滑下来。但这里的圣诞节更像是除夕夜。今晚没有蛋糕，但有几桶巧克力、香草、奶油、牛奶酱味道的冰激凌。现在是夏天。

　　午夜。第一拨鞭炮在整个城市炸响；接下来的一拨将在深夜响起。这些可怜的狗被吓坏了。它们狂吠，呜咽。在接下来的日子里，最轻微的噪声都会让它们吓一跳。然后，为了让它们平静下来，狗治疗师会在它们的食物中隐藏一个鞭炮。就在狗把嘴凑近时，他们点燃导火线，然后"砰"的一声！ 通过食物中的鞭炮，动物渐渐地会习惯这种考验。食欲比恐惧更强。

　　12月25日。——巴塔哥尼亚西北部的圣卡洛斯－德巴里洛切，20世纪初一个智利人建立的城市。巨大的纳韦尔瓦皮湖，被从周围山峰翻滚下来的风掀起波澜。安第斯山脉就在不远处，露出雪白的牙齿。这座城市的布局呈直角，四四方方，但没有任何对称：建设者们随性设计的外墙、木板、波纹铁皮、灰泥和散石扔得到处都是。没有任何风格，除了令人抓狂的恶趣味：胡乱涂抹着水泥的模拟哥特式风格与普通功能性的、丑陋的建筑摩肩接踵。一堆不知从哪里冒出来的窝棚，让这座城市像世界尽头。

　　围绕着这个延伸出多条臂膀的湖泊 ——悲伤的臂膀，大片海岸仍然未被心血来潮的人类玷污。大自然欢欣鼓舞：荒无人烟的海滩，美丽的浅绿色的树木依附在毛茸茸的悬崖上。在更高的地方，非常高的地方，高山外层已经脱落，橙黄色抚摸显露出的泛灰的惨白山头。这里有一点像干涸的安达卢西亚、潮湿的瑞士和花园般的日本。矛盾似乎是这种大自然的关键词，它把自然变成无可指摘的统一体。宏伟的景观。蜂鸟和朱鹭雄踞顶峰。

　　12月28日。——在纳韦尔瓦皮湖上游览。一艘由荷兰人在1938年建造的美丽的老船："莫德斯塔·维多利亚号"。它在浪涛的胸膛上游弋，浪花四溅——一种只有在高海拔湖泊上才能看到的深蓝色的波浪。湖光粼粼，在气流中荡漾。

　　船上的游客来自另一个时代，他们仍然是旅行者的打扮，没有浮华。他们中的大多数是阿根廷人和智利人。

　　乘客中有许多高中生。他们挤在长椅上，亲热地搂搂抱抱，男孩和男孩，男孩和女孩。一些人趴在桌子上睡着了。另一些人则沉浸于手机，互相拍照，乐此不疲，大笑。

　　经过两小时的航行，"莫德斯塔·维多利亚号"到达克特里韦半岛，那里参天大树一棵紧挨着一棵，像交叉在一起的裸露的手指，光滑的树皮呈赭石色，树顶上毛发丛生。

　　这显然是一条旅游线路，一条用木板铺成的小路上突然涌出一小批乘客。他们口中吐出的陈词滥调在树木的摇曳中飘散。

　　现在，湖面只是一张微微起皱的锡纸，宛如咬痕累累。那里白花花的太阳让人目眩。整座山，绵延不断，像一大堆皱巴巴的衣服，工装裤或士兵的衬衫，倒伏在水边。前面是一个圆圆的山头，被柔软的森林包裹着：树木是覆盖的厚厚苔藓。这里也许与神灵无关，但可以肯定的是，也与人类无关。美没有父亲。

披着黑衣的海鸥在船尾喧闹地嬉戏。

维多利亚岛到了。没有人。悬崖边上有一座巨大的木质建筑。一条禁止通行的小路尽头，是一个通向游泳池的空旷大公园——宏伟的树木和新修剪的草坪：眼前空无一人。这里看起来像一个用于开展邪教研讨会或特工会议的私人酒店。

突然，朱鹭发出尖叫声，撕裂了天空。

一切都令人不安。

　　通往码头的空荡荡巷子里，沿街有很多巨大的、病态的树木，树干和扭曲的树枝被"柏树病"风干并漂白——就像结了霜一样，"柏树病"使得乔木死亡，只等着嫩芽来绿化这阴森可怖的僵直树干。

　　水边，一家超大的餐馆露出了腐烂的木板，破窗户迎风敞开。这座餐厅被遗弃了——据说有几年了。四个家庭住在岛上，尽可能维护这病态的森林、草坪和被世界遗忘的白垩色小沙滩。

几只黑秃鹰在云层中进行最后一轮飞翔，在它们的告别声中，船离开了小岛。

逝去的时光

　　有好几次，我不得不离开我的位置，回到楼顶上，因为我再也受不了这蜉蝣的雨了，它不像普通的雨那样垂直落下或持续倾斜，而是不间断且令人极不舒服地撞击我脸上的所有部位。蜉蝣进入我的眼睛，进入我的嘴巴，进入我的鼻子。如果谁有时在美丽的夏日夜晚深受飞蛾困扰，不要以为他感到的不适可以与我所说的不适相提并论。完全不是一回事。因为这些飞蛾的数量与像雨一样落在我们身上的蜉蝣数量相比，总是要少多了……

　　　　　　　——雷奥米尔[88]："蜉蝣的诞生"，《昆虫史记》，1742 年历史不仅是对逝去时光的记忆，它也是，而且首先是对当下正在流逝时间的记忆。然而，记载下来的历史并不反映现状。历史强加给过去，且强加给过去的唯一描述完全值得商榷。历史是胜利者的观点引发的一系列日期和事件。失败者的历史被忽略了。并不是说他们没留下痕迹，但这些痕迹并没有引发实质性的陈述。数以百万计的普通人和被遗忘的人生活和经受过的一切没有得到重视。古代留下的都是英雄的功绩、神灵的论争和护民官的雄辩。我们没有听到民众的声音。我们记得德拉古[89]、梭伦[90]、克里斯提尼[91]、伯里克利[92]或德摩斯梯尼[93]，但我们对那些匿名的公民一无所知。他们如何对民主，这种不完美的权力分享做出贡献？无人知晓。至于奴隶们的意见，我们知道的就更少了。他们没有声音，不存在。只有煽动者的话语才能被清晰地传达给我们，但这种话语如果没有民众的智慧，就什么都不是。这种智慧的历史已经丢失，只留下了英雄的历史。然而，这种官方历史只考虑惊心动魄的事件，忽略了所有促成这些事件的活生生的人——戈比诺称之为"历史的骨髓"。

　　严格基于大事件书写历史并非自昨日起。然而，将发生的事情碎片化的趋势则日趋严重。当我们的后人查看今天的电视新闻，发现如此片面的眼光，如此篡改事实，他们会做出怎样的表情？他们只会看到我们现实中的碎屑。

历史成为一个景观。但这种景观，与居伊·德波[94]所说的相反，不是"社会本身"，不是"社会的一部分"。它也不是"以图像为媒介的人与人之间的社会关系"。景观是现实的体现，一个被选择的、零碎的、截断的现实。它不过如此。

真实的世界不会变成图像，图像也不会变成真实的世界。真实的世界会产生图像，而这只不过是图像而已。人与人之间的关系被产生金钱、工作、战争的普遍的贸易所支配。可惜除此世界之外，没有其他世界被揭示出来。

这个景观有其局限性：它不能揭示生活，"真实的生活"。它站在现实的门槛上。某种强大而神秘的东西使它无法完全占据仅存的贫瘠的生活。

被授权的历史以图像为素材，不管这些图像的质量与真实性如何。能生火的就是柴。没有什么比电视上一座被轰炸的城市的画面更失真了。人们还记得美国人轰炸巴格达的图像有多糟糕：在总参谋部的命令下，记者们循环播放，图像只显示出绿色的闪光，就像在迪斯科舞厅一样。

任何意大利面的广告形象都无法让人感受到一盘真正的面条的味道。庸俗的女人咧着大嘴笑也无济于事。图像就是图像。电视画面显示被子弹或化学武器杀害的男人、女人和儿童时无论多么"真实"，都没有揭示出杀戮的现实，即死亡。死亡是拍不下来的。死亡是一个停止的时间。在成千上万的其他图像中，瞬间拍摄下的死者图像，不能说明这个停止的时间：这需要永恒。为什么不呢？

过去，弥撒被看作是圣经故事的一种景观。这是在上演一个事件、一个仪式。电视通过播放事件的历史图像，完成类似的仪式。但是，如果没有广告这个"皮条客"，这个仪式就无法完成，而广告的形象不会说谎。因为除了宣传商业之外，广告并不要说明其他什么。广告是关于现实的确切语言，商业建立了唯一作用于社会的现实——这并不意味着不存在其他可能的现实。

人类关系不可避免地受到贸易的影响。工作、休闲、政治、科学、战争、艺术：一切都以这样或那样的方式依赖于贸易。只有爱情能逃脱——我不是说有偿性行为。这是一种非常古老的感情，比贸易更早。它承载着一个真实世界不可磨灭的痕迹——以及它的承诺。我说"真实"，是因为我感觉到世界中存在着另一个隐藏着、蜷缩着、活着的世界。我知道它在爱情中，我能在绘画、诗歌、音乐中看到这个世界。阿瑟·兰波对此颇有感悟："现实生活是不存在的，我们不在这个世界上。"

* * *

电视的力量毋庸置疑。为了长久，它必须不间断地倾泻图像，由此产生了"连续新闻"频道。在这种电视面前，所有那些玩世不恭的电视节目都变得很可笑。这是由突发事件构成的电视节目，是即时的历史，由廉价买来的粗糙图像或其他用手机拍摄的图像制作而成。这些图像是随机的，用以支撑循环的评论。这些评论重现短暂的历史，即清晨开始到夜晚结束的历史，循环往复，日复一日。这是没有记忆的历史，注定要被遗忘，注定要被即时消费。

电视和其他行业一样有等级，只不过是观众创造了等级制度。这是它的唯一标准。一个捣蛋鬼可以胡说八道，只要能获得收视率。

不是每个人都看电视，但它占据了很大一部分休闲时间。第二次世界大战后，电视机一旦进入家庭，就占据了他们的生活。这是一种日常消遣。

当电视发布存档节目时，所有的图像看起来都很过时，连颜色似乎都是灰色的。不断回放的失笑变成了鬼脸。老旧的电视图像没有显示出过去的日子，没有显示出过去的历史。它只展示了一个陈旧的电视，一档不会再出现的旧节目。电视已经过时了，不再有生命，因为它从来没有过生命。

*　*　*

19 世纪的重要思想家都看到或瞥见了世界中的另一个世界，这个世界要么隐藏着，只等待着它的揭示，或者它正准备到来，甚至是回归。恰恰是通过预感，这些思想令人心神不定并启发了人们。19 世纪梦想并创造理论，20 世纪行动。它不假思索地行动，不假思索地解释梦想和理论，并非不构建纯粹的意识形态。20 世纪的战争正是以这些意识形态的名义爆发的。战争以一种前所未有的方式，不再只是军事行动，而成为一场全面的战争，不再放过平民。

拥有装甲车、潜艇和轰炸机的战争机器，没有求助于前几个世纪的任何理论或哲学：它靠自己，靠自己的犯罪系统。集中营不是由 19 世纪的哲学家设计的，而是由平庸的建筑师设计的。事实上，一切都很平庸：纳粹主义和极权主义并没有产生任何重要的哲学家、艺术家、诗人或音乐家。他们培养了为战争服务的士兵和工人。他们甚至拍不出一部令人信服的电影，更不用说一部令人信服的动画片 —— 这不是因为没有尝试过。

19 世纪的思想家被诋毁，让他们对 20 世纪的罪行负责。但是，20 世纪被其政治家们的高谈阔论和蛊惑人心的宣传带入了歧途。政治家不是思想家。托克维尔早在 1856 年就已经知道这一点："实际执政的阶级根本不阅读，甚至不知道作者的名字。因此，文学在政治中完全不再发挥作用，这使得它在大众眼中的地位降低了。您怎么能指望一本渊博的超验哲学的著作……能成功地搅动目前令法国人心灵麻木的嗜睡？"

至于 21 世纪，它并不想保留 20 世纪的任何意识形态和行动。它不知道该如何处理它们。它更倾向于忘记。它并非完全错了：历史在继续。它忘记了过去，被未来折磨，厌倦了现状，但还处在疯狂的商业进程中，两眼模糊，毫无热情地向前走。

                                  ＊ ＊ ＊

　　19 世纪伟大作家的声音已经沉寂；可能永远无声了。当下的声音则是稀缺的。几乎所有人都向某种政治的或媒体的权势投降了。这些作者没有任何光彩。历史及其命运与他们无关：他们谈论新闻"热点"。他们的论战墨守成规，他们的情绪是装出来的，他们喋喋不休，没有多少才华。这些媒体的声音不敢尝试去寻找历史，而满足于变成一个支离破碎但又"全球化"的世界中的散落的碎片。世界越是变得全球化，我们就越孤独。

　　历史不是一场表演。它一旦被抛到众人面前，穿上服装，化上妆，就不再是它自己了。它被扭曲成逸事，变成转瞬即逝的事件。相反，历史正在沉默和耐心中建构叙事。它依靠不可见的事物，世界不易察觉的情绪。一部用军事档案图片制作的关于第一次世界大战的"上色"的电影，完全没有说明战争中的现实世界，也没有说明战争本身。这是军事场景的大杂烩，它被重新着色，用一种悲伤的语气评论。纪尧姆·阿波利奈尔的几句话更说明问题：

　　　　生殖器的大炮
　　　　让多情的大地受孕。
　　　　残酷的本能的时刻到了。
　　　　战争如同爱情。

　　历史中有一个真相，而这个真相被称为历史。它贪得无厌，复仇心切，什么都不会忘记。历史是一门艺术：普遍记忆的艺术。一个民族记住了，它就立即存在；它忘记了，它就忘却了自己。历史，就是抚摸良知。每个人都有他的个人史，每部个人史都不可避免地悬浮在历史之上，即使他不知道。作为回报，历史把他的个人史还给了他，却变了样。他就更不在乎了。因为历史对他来说是隐蔽的。被模仿的历史、支离破碎的历史使他不能接触真正的历史。但什么都没有丢失，个人的故事蜂拥而至：欠准确的叙述、荒诞不经的故事、夸张的冒险、犹豫不决、含糊其词，正是这堆小故事构成了历史。历史又来复原这些小故事。历史有自己的时间。

强制自由

正如我所宣布的，我也有必要为自己立个小传，它既不会引起讨论，也不会引起评论。

——布里亚－萨瓦兰，《味觉生理学》

　　我十三岁。我被从一所学校推到另一所学校，永远是班里最后一名。我爱幻想、孤独、不守规矩，被安排在一所据说是"新"的私立学校里。这所学校之所以新，只是因为老师们都很平庸，放任自流，不适合在公立学校教书。

　　我几乎讨厌他们所有人，讨厌他们的家长作风，讨厌他们的厚颜无耻，讨厌他们的乏味，讨厌他们嘴角流露出的厌倦。历史课，有国王和宫廷阴谋，有战场上浴血奋战的军人的功勋，有悲伤的人民，有撕裂的国家，所有这些都让我打哈欠。

其他课程也令我哈欠连天：德语，是咀嚼太难的单词；语法，是一堆不合逻辑的东西和例外规则；拉丁语，是变位的折磨；至于数学，我既不会加也不会减，更不用说乘除了。还有拥挤混杂的体操房，更衣室里的脏袜子味让我恶心。

　　更小的时候，在巴黎米歇尔·比佐将军大街的学校里，我很喜欢那幅塑料的法国地图，我们勾勒出轮廓，在大城市的地方戳上小洞，抄写河流和山脉，然后划出谷物种植区、煤炭工业区、畜牧业区，以及葡萄种植地和啤酒花产地。但我已经在看窗外了。我看着一只在栗子树上跳舞的麻雀，度过了一上午。我听不到老师的声音。他经常把我从梦幻中拉回来，唠唠叨叨，然后把我逼到讲台上接受提问。我最终不可避免地在同学们的嘘声中站到角落里。

　　我不为自己在学校的失败感到羞耻，也不以此为荣。我都快无聊死了。

　　有一天，在游泳课上，我让自己沉到了深水区的底部。我终于要死了。救生员潜入水中，把我拉出水面。他对我进行长时间口对口的人工呼吸，并排空了我肺里的水。我被带到心理医生那里。我想成为一个画家，或诸如此类的人，像我父亲那样，像我爷爷那样，然后像这个人的兄弟，像那个人的表兄弟。

我那年十三岁，十三岁还不足以成为一名画家。所以我被扔进这所"新学校"。德语老师看起来像一只没有毛的兔子，巨大的眼镜后面，眼圈呈深粉色。他有一双冷酷、凶巴巴的蓝色小眼睛，直勾勾地盯着你。他曾在南非生活过。他对黑人有一种厌恶，且试图向我们灌输这种厌恶感，而这种厌恶感又夹杂着对曾经到处做主人的时代的怀念。

一天傍晚，我和一位同学被邀请到他家，观看他的野生动物幻灯片。他拉下了百叶窗。坐在半黑暗中，我们看着大象、狮子和狒狒的图像。我们穿着短裤。老师把他的手放在我的大腿上，试图爱抚我。我尖叫起来。我的同学叫声更大。我们飞快地跑出公寓，三步并两步地跑下楼梯，来到人行道上。第二天，他进行报复，给我们布置了大量作业。我不在乎。没什么能打击到我：我是班上垫底的。

我母亲无法忍受我。我也受不了她。她把我放到这所新学校的寄宿部。我对寄宿生有了更深入的了解，他们都是男孩。他们强悍、野蛮、自私，往往是虐待狂。他们来自四面八方，来自萨拉查[95]的葡萄牙、佛朗哥的西班牙、上校的希腊[96]，以及南美各独裁政权的国家。他们的父母把他们扔在这里，只有在节假日才能见到他们。他们说法语，但用自己的语言互相辱骂。他们先是欺负我，打我，在小便池冲我撒尿。然后他们不再理会我：我成为他们中的一员。

半夜里，我与三个同学一起摧毁了一间林务员的小屋。我们打破窗户，闯入几家私人度假屋。我们破坏一切，就这样，没有丝毫理由，陷入一种冰冷的愤怒之中。这种愤怒来自过度发酵的复仇思想。我们是邪恶的。

警察怀疑我们中的一个人。他受到盘查。他揭发了我们。警官用力拉我太阳穴上的头发，直到我哭出来。我都招了。

在少年法庭上，法官建议我做运动。

"我不喜欢运动。"我说。

"那就去游泳吧！"

"我不会游泳！"

此后不久，我放火烧了寄宿学校的洗衣房。消防队在火焰吞噬楼层之前进行了干预。可惜。这是我干的最后的坏事。我知道我不会再这样做了。我的一些幼稚行为已经完成了。我很快就会以另一种方式表达我对存在的愤怒。这不乏某种沉思的甜蜜，这是我的性格决定的，我有所感。

回到心理医生那里。他对我的暴力倾向和无心向学都无动于衷。他让我母亲放心——虽然她并没有责怪我什么——并告诉她，我能混一门艺术。但是，就目前而言，我们必须找到一个解决方案。我还没到离开学校的年龄。我妹妹也是如此，她比我小不了多少。她以让人难以置信的放肆反叛她的老师。她被学校开除了。

上一年的夏天，她被安排在一户商家做杂工。他们是不寻常的人，内心是无政府主义者，宣称是非传统主义者。他们与另一个家庭有联系，这个家庭在德龙省的一个村庄里办了一所"非常特别"的学校，一所"自由的"学校。

我母亲询问详情。她收到一份承诺光明前景的招生简章。革命性的教学法！她很激动。我们前往离蒙特利马尔市二十五公里的迪约勒菲镇。

天气格外晴朗。拿破仑路很长，蜿蜒在山间，通向紫色的薰衣草田。经过长长的梧桐树林荫道，我们爬上了一座小山。一棵巨大的雪松树标志着学校的入口。我们到达"玫瑰园中学"。

办完手续后，我们被领到各自的房间，每个房间都配有三张双层床。女生在主楼，男生在附楼。

　　校长名叫迈克尔·斯莫尔，人称米奇。他是一个美国人，与当地女孩结婚后留下来了。他们有三个男孩和一个女孩。

　　斯莫尔家族：一个封闭的团结一致的部族。他们从上到下管理学校，但米奇是老板。他总是叼着一根烟，一天抽好几包吉卜赛女郎牌香烟。他做过各种各样的工作：拳击手、教师、平面设计师、演员、导演，其余的我忘了。

　　米奇像通常温柔的梦想家那样，是个硬汉，对自己的所作所为很有信心，不喜欢让步。

　　我们这些少年，被放飞在这个巨大的自由笼子里。我们的母亲，独立的女权主义者，不多愁善感，开着车重新上路去冒险，她对我们没流露出什么，只道了声再见。我想，我妹妹和我，都湿了眼睛。

　　我认识了我的室友：奥利维耶，斯莫尔家在布列塔尼的表亲；克劳德，瑞士的胡萝卜头；弗吕克，科尔马地区专员的儿子；还有让－皮埃尔，他很快成为我的朋友。

让－皮埃尔比我大不了多少。他在非洲海岸长大，他父母仍然住在那里。他和这里的每个人一样，被遗弃了。他不隐藏自己的痛苦。这对他来说将是致命的。

我帮助让－皮埃尔用轻木制作模型飞机。机身和机翼用宣纸覆盖，并涂有各种图案。我们爬上山头，发射我们的飞机。飞机无可挽回地俯冲，最终在薰衣草中间坠毁。没关系，我们像航空业先驱一样，耐心地重起炉灶。

　　让－皮埃尔对飞碟非常感兴趣。他声称最近看到过几次，并梦见自己踏上了只有他叫得出名字的星球。

　　有一天，在学校和村子里，我们几个人看到一个飞行器像火球一样在山丘后面翻滚，然后消失在维特鲁耶尔山谷。让－皮埃尔和其他几个人飞快地跑向可能的坠毁地点。什么都没有。没有任何痕迹。然而，这一现象却被大家津津乐道，被所有人添油加醋。

　　让－皮埃尔称，军事部门希望将此案列为"国防机密"。他声称，一些当地人把自己关在家里，把床垫、桌子和橱柜顶在窗户上。他非常认真地对待这一事件。我第一次为他的行为担心。

米奇把所有学生召集到作为戏剧排练厅和健身房的大房间里。我们在他对面台上围成半圆形的凳子上就座。他点燃了早上的第无数支烟，要求我们每个人轮流发言，"做自我批评"。除了在课堂上朗诵诗歌，我从来没有在公众场合说过话——那是一种折磨，我可知道羞涩和尴尬如何让我木然。

我极不自在，结结巴巴地说了几句话，承认自己懒惰，缺乏集体精神。米奇接过每一个字，用不容置疑的论据羞辱我：这是真的，我很懒，我缺乏集体精神。我从未这么脸红过。学生们人人有份。男孩们哆嗦，女孩们哭泣。

然后，米奇提醒我们他的学校的主要原则：学生的充分发展——这一原则深受英国人亚历山大·萨瑟兰·尼尔[97]和他的《夏日山庄》一书的启发。米奇为自己能与他杰出的同行保持通信而自豪。

斯莫尔全家负责我们的大部分教育：米奇教法语和通识课，他女儿教英语，她的男友教数学。德语由希尔德加德·戈特斯曼教授，她与丈夫一起逃离了纳粹德国。据说，她的房子是她亲手建造的。她有一双湛蓝的眼睛，可以看进你的眼底。我们通过博尔达斯[98]函授课程学习拉丁语、西班牙语、历史、地理和自然科学。我们的成绩很可怕。

为了不妨碍我们的创造力，除了米奇的课程外，其他课程都是可有可无的，只要我们有理由证明我们为什么逃课。因此，我们是自由的，可以自由地学习，自由地根据我们的品味布置或粉刷我们的房间，自由地享受我们的课余时间，来去自由。

教师和一些高年级学生积极参加左派组织，特别是毛主义组织。他们认为1968年的五月风暴和总罢工是即将发生的革命的总彩排。这将是一个"盛大晚会"。玫瑰园成为左派的巢穴。人们阅读由让－保罗·萨特主编的《人民事业报》，这是一种无产阶级的《法兰西周日报》：丑闻和八卦被对老板的虐待行为的谴责或关于工人斗争的报道所取代。还有人呼吁进行罢工和暴力示威。

起初，我上所有的课程。我讨厌英语，德语也一样，而且我讨厌现代数学，讨厌其所有的理论以及"趣味性"。我只喜欢法语，这堂课一般会持续一下午，变成通识课。我阅读海明威、埃德加·坡、弗朗茨·卡夫卡、路易斯·卡罗、米格尔·塞万提斯、乔纳森·斯威夫特。我写短篇小说。一只被切断的血手，躺在抽屉里，准备扑向第一个出现的人。最后，它勒死了一个女管家，并用锋利的指甲撕裂了她的脸。

米奇鼓励我。他喜欢在大家面前大声朗读我的胡言乱语。我讲述了一个在那不勒斯的孤儿，为生存而挣扎的故事。受到虐待的孩子最终逃出了孤儿院，踏上广阔的世界。这个天真的寓言很说明我的问题。

大多数学生都是斯莫尔长子的志愿者，他负责创建一个小剧团——显然是实验性的。体育、舞蹈、朗诵、聚酯面具的制作、服装、布景：戏剧工作室在学校获得巨大成功。当场地空闲时，每个人都可以来用打击乐器、手鼓和笛子发泄情绪。

我被任命为绘画工作室负责人。三四个学生冲进房间，把一大盆水彩倒在纸上，用画笔或徒手尽情涂抹。我把他们赶出去。我用两道锁把自己反锁在里面。工作室禁止不受欢迎的人进入。米奇不情愿地同意了。

　　在一次集会上，我们决定创办一份小报，并将其印出来。有人建议出版一份关于建筑师帕斯卡尔·豪瑟曼[99]的泡沫屋的图文报告。我们相信，整个法国很快就会被这些辉煌的建筑所覆盖。

　　米奇告诉我们，在上一次战争期间，迪约勒菲镇成为许多被盖世太保追捕的逃亡者的避难所，其中包括路易·阿拉贡[100]和艾尔莎·特里奥莱[101]。在整个战争期间，玫瑰园藏匿了几十名犹太儿童和教师。

　　我是一个胆小的男孩。我什么都怕，害怕黑夜。我向米奇倾诉了我的焦虑。他祝贺我能有如此强烈的情感。据他说，恐惧是一种很棒的感觉，必须保持。他敦促我深更半夜到周边的乡村去，最好是在满月时分，以加剧我的恐惧感。他建议他的外甥奥利维耶陪我一起去，他和我一样是胆小鬼。我们要比比看谁更害怕。

　　我们来到巨大的满月下，月光使得山丘和树梢变得苍白，山丘和树木变成幽灵和魔鬼藏身的大片阴影。狗在远处狂吠，遥相呼应。我们迈开大步。谁会从灌木丛里或树后面冒出来？一只野兽、一个强盗，还是一个杀人犯？我们全身颤抖着。为了故作轻松，我们开始唱歌，先是哼唱，然后扯着嗓门唱。

这首歌很美。是罗伊·埃尔德里奇[102]的歌：

总是同样的故事
总是同样的疯狂
一点生菜
西红柿
一些……一些……一些……
色拉酱！

　　然后就到了冬天。1970 年 12 月 29 日，一场暴风雪袭击了法国南部。德龙省与世隔绝。在高速公路上，数以千计的司机被困在雪中。

　　积雪有几米厚，覆盖了一切。在该省，马厩和羊圈的屋顶倒塌。动物都死了。迪约勒菲的街道看起来像战壕。军队被调来补给。

　　雪停后,我们开始清理屋顶和学校周围的雪。在大礼堂里,我们讨论谁要做什么,因为任务很艰巨,我们必须尽量组织好。突然,我们听到外面有哨声。我们发现让－皮埃尔只穿着一条裤衩,几乎赤条条地站在附楼的屋顶上。他手里拿着一把铁锨,把雪扔到院子里,喊道:"我是一只鸟!我是一只鸟!"他张开双臂,威胁要跳下去。米奇爬上梯子,无比耐心地设法把他从屋顶上弄下来了。

　　一辆救护车驶入玫瑰园的院子。让－皮埃尔被绑在担架上。他去了巴黎外环的精神病院。我们再也没见到他。

伍德斯托克音乐节的三个专辑刚刚发行：吉米·亨德里克斯[103]、里奇·哈文斯[104]、琼·贝兹[105]、约翰尼·温特[106]、詹尼斯·乔普林[107]、谁人乐队[108]……风靡一时。学生们趴在床垫上或者地板上，把音量调到最大。他们两眼发直，轮流吸着烟草与大麻混合的烟卷或纯大麻。有些人尝试化学合成的毒品。这三张唱片从下午一直循环播放到深夜。所有人都上瘾了。我没有：我不喜欢这种音乐。

没有人，或几乎没有人再去上学了。学生、嬉皮士和极左派，每天都到村里去，不顾当地人的敌意，村里人对滚球游戏比对大麻和阶级斗争更感兴趣。村里盛传关于"自由学校"的八卦。但也有些学生喝起了茴香酒，和当地的酒鬼们推杯换盏，然后烂醉如泥地回到学校。

我不吸毒，不抽烟，我喝加了甘草糖浆的牛奶——一种灰色的牛奶。我曾经尝过玛丽·布里扎德酒——一种茴香味利口酒，感觉不错。但我不喜欢其他烈酒的味道，葡萄酒和啤酒也都不喜欢。

我的美国朋友马克嘲笑我说："如果你想长大，你就得喝酒！"他提出让我和他一起去狂欢；他付钱。我接受了，有点恼火。我们去了邮政咖啡馆。我决定尝遍酒吧里所有的酒。我从一杯玛丽·布里扎德开始，然后是一杯地中海茴香酒，再来一杯法国茴香酒，两杯、三杯；我品尝了热葡萄酒、波尔图甜酒、马提尼开胃酒、马德拉开胃酒和金鸡纳酒；一杯野樱桃利口酒、一杯小茴香酒、一杯苦艾酒、一杯白朗姆酒、一杯黑朗姆酒、一杯雅文邑白兰地、一杯樱桃酒、一杯梨子酒、一杯李子酒、一杯黄香李酒；接着是浓醇的甜酒：摩卡味、可可味、香蕉味；白葡萄酒、红葡萄酒、桃红葡萄酒、啤酒、威士忌……

我感觉天旋地转。我又喝了一杯法国茴香酒。我要吐了。马克要求我们把所有的杯子都放在桌子上。该节目令人印象深刻。然后我妹妹和她的朋友们来了。她们难以置信——"这些都是你喝的？"

我不知道自己是怎么被带回房间的。我陷入了醉酒的昏迷，直到第二天晚上才醒来。米奇大怒。整个村子都在谈论我如何烂醉如泥。

第三天我又去了邮政咖啡馆，在吧台前坐下，点了二十杯干茴香酒，我都干了。我倒在地上。马克目瞪口呆。确实够吓人的。我现在是个男子汉了。

　　我和马克、雅克和奥利维耶一起，喝一半白酒和一半啤酒的混合物，这是一种古老的罗马烈酒的配方。酒很糟糕，很快就让人喝醉。

　　奥利维耶和我离开了，搭车去蒙特利马尔或瓦朗斯。我们离开，我们回来，从不打招呼。米奇什么都控制不了了。他对我们不再有任何权威。

　　有一天我们去了马赛。我们在卡朗格山间行走。我们在港口喝啤酒。我们一直挺进到土伦。我们喝酒。我们回来了。

　　我和奥利维耶在学校的工具棚里找到了一顶旧的露营帐篷。我们出发去维特鲁耶尔，来到勃朗峰下的峡谷。这是一个橙色沙子的圆谷，通向一片茂密的森林，那里有一条小溪流淌。我们在这片大自然里待了一周，在这里或那里露营。有一天，我们走进一个农场，拿着水果、面包和鸡蛋狼吞虎咽。夜里，在森林中，我们吓得要死。我们唱歌给自己壮胆。

　　一天晚上，我们看到了野猪。它们受到惊吓，我们也是。我们撒丫子就跑。它们假装追赶我们，然后折回。我们回到了学校。

每个星期一，我都会买《切腹》周刊[109]。在迪约勒菲的报刊之家购买这份杂志被认为是一种离经叛道的行为。这是我喜欢的一份报纸，但只是喜欢其中一部分。里面政治内容太多了。

雷塞[110]的画让我发笑，我贪婪地阅读卡万纳[111]的专栏，特别是德勒菲尔·德·东[112]的专栏和他的杰作《文化小角落》，这本书令我注意到某种电影和某种文学。在富尼耶[113]配满文字的绝妙图画中，我震惊地发现工业污染的规模以及迅速扩张的核电站所带来的被设法隐藏的危险。富尼耶悲观、清醒，对阶级斗争和团体生活同样过敏，他是一个与众不同的专栏作家：左派和嬉皮士很难忍受这位环保的先知。

我留到最后看的是热贝[114]的那页，我在《切腹》中发现了他笔下不同寻常的人物贝克。每个星期一，热贝都会让我更高兴。他无论处理道德、冲突、环境题材，还是工作题材，都让人不安。唯一主宰他的是想象力。他来自另一个世界，一个隐藏在过于厚重的现实背后的世界。

在玫瑰园，如果有些人觉得沃林斯基[115]的政治画有趣，热贝的精神对他们来说则是陌生的：他们完全不明白。我独自品味着他的页面。我可以在其中看到我困惑地寻找的东西：去抚摸超越了我们低级确定性的生命欲望。

　　他的作品《他疯了》出版时，我又看到这种对现实的挑战。热贝是一个迷失在愚蠢而恶毒的意识形态中的诗人。我很少阅读《切腹》。就我的品味而言，它缺乏整个社会所缺乏的东西：艺术的活力。绘画和文学都没有权利出现在这份报纸上 —— "这是知识分子的东西，是资产阶级的……"。

　　我十四岁，任何不具有深刻艺术性的东西都会让我感到苦恼，或者让我厌恶。

译注：本页图中法文均为嘲笑或谩骂字眼，如"他疯了""傻子""神经病""这是个疯子""他脑子有病"等。

　　1970 年 11 月 1 日晚，146 名年轻人因无法打开紧急出口，在伊泽尔省的圣洛朗迪蓬的"5-7 夜总会"火灾中丧生。据传闻，这是一起行业内的清算。

　　伊泽尔省议员艾梅·帕克给内政部长雷蒙·马塞兰的密函被披露，信中很有把握地说:"'5-7'的悲剧极有可能，甚至可以肯定，是人为的。这是一种犯罪行为。我有可靠的信源。在我看来，这是可信的。但我们正在进入一个人们并不总是能活着出来的领域。"

　　在玫瑰园，我们非常震惊。我们知道好几位死者的名字，我们曾在村里咖啡馆见到过。

　　八天后，戴高乐将军去世。《切腹》头条新闻标题为《科龙贝 116 舞会悲剧：一人死亡》。该报纸立即被内政部长取缔。一周以后，《查理周刊》出版了。

　　1971 年 6 月 7 日，一声惊雷：热贝宣布他要拍一部电影，这部电影中的演员将是报纸的读者。座右铭："我们停止一切，我们思考，这并不悲伤。"

　　他与制片人雅克·杜瓦永一起，在法国各地寻找他的读者，并与他们一起拍摄他在《查理周刊》上每周撰写和绘制的剧本情节。他宣布，社会可以在一夜之间被每个人推翻，只需停止一切：停止工作、旅行、消费、信息 —— "只有那些被证明不可或缺的服务和产品才能恢复。比如要有水喝；晚上要有电，以便阅读；要有无线电广播，为了宣布：这不是世界末日，是 01 年[117]"。

　　《01年》。停止一切并思考。在左派重复教条的演讲、嬉皮士的萎靡不振和所有党派的喋喋不休之间，《01年》作为一种意外的思想出现了。热贝想象了前所未有的状况，人们被动员起来，静静地站在街头思考，互相交谈，进行一场没有武器也没有路障的革命。这一切要做成一部电影，"一部共同制作的电影"，一种集体的艺术，一种只渴望发展，超越偏见、确定性、常规、逆来顺受和边界的思想共同体艺术。

　　在玫瑰园，我们越来越自立。米奇看起来很担心，远离我们，远离一切。他把自己关在办公室里，一根接一根地抽着烟。有小道消息说他欠了债。他无法给他的供应商付款。厨房正受到影响，建筑物的维护也是如此。所有的课程都取消了，只剩下博尔达斯的函授课程，我们既不喜欢也不重视。

　　闲着没事，学生们坐在院子里。他们抓起一把石子，逐一砸碎窗户。家长们被要求来接走孩子。他们中的大多数人将在以极其严格著称的学校中继续学习——一个女孩将进入修道院。

　　米奇要离开法国去加拿大一段时间。玫瑰园的奇遇结束了。

尼采老师

最大的需要就是吊裤带！

——弗里德里希·尼采，《给弗兰齐斯卡和伊丽莎白的信》，
巴塞尔，1871 年 12 月 27 日

1872 年 1 月 28 日。——弗里德里希·尼采写信给他的朋友埃尔温·罗德：

> 我向你宣布，绝对只有我们两人知道，请你保密，我正在为俾斯麦准备一份关于斯特拉斯堡大学的备忘录，形式是向帝国议会发出呼吁。我将在其中说明，我们以多么令人羞耻的方式错过了独一无二的建立真正的德国机构的时机，这个机构旨在重振德意志精神并摒弃流行至今的所谓的"文化"——挥刀！或开炮！
>
> （签名）拥有最大武器的炮手。

1872 年 1 月 16 日至 2 月 23 日期间，这位年轻教授在巴塞尔做了五场题为《论我们的教育机构的未来》的演讲。他当时二十八岁。"我的讲座产生了非同寻常的反响——惊奇、激情和憎恨——所有这一切浑然一体！"

他还对罗德说："啊，我多么高兴啊，我的朋友，我们现在已经手持火把进入大学的堡垒。"

他的签名是："大学的嘲鸫"（拉丁文）。

尼采选择了叙事的形式。他的主角，即叙述者，是一个来自波恩的高中生，就像当年的他一样。

这是夏末的莱茵河畔。他和一个同学从一次傍晚的学生郊游活动中逃脱，来到一个空地上，把这里作为他们的射击练习场。他们要练习手枪射击。

他们刚开第一枪，就有一个老人被枪声吓坏了，叫住了他们，教训他们。

他是一位哲学家。一个被当作他弟子的年轻人陪着他。经过热烈讨论，这两拨不相容的人在玫瑰色的晚霞里愤怒地分道扬镳。

两位同学坐在长椅上抱怨他们这个功利主义的时代，他们自认为与之格格不入："我们是多么无用！我们为自己如此无用而感到骄傲！我们可以竞争，看谁能成为两个人中最没用的人。我们不希望指出什么，什么都不代表，什么都不建议，我们宁愿没有未来，只做个安逸地躺在眼前门槛上的一无是处的人——我们就是这样。我们很高兴这样！"

突然，他们听到稍远处哲学家和他弟子的声音。他们走近，不想漏掉对话中的任何一个字——对话变成了大师的独白。在听到这位哲学家对大学和德国文化辛辣，有时甚至是激烈的指责时，我们就好像听到了尼采本人的心声。

首先，哲学家嘲笑这种将文化扩展到社会各阶层，以创造"通常的"人的倾向——就像我们所说的通用货币。

邪恶就在这里：这是民主的邪恶，是所有人的学校的邪恶——不要忘了，两年前，尼采痛恨巴黎公社。他的朋友卡尔·冯·格斯多夫曾把叛乱说成是"一个梅毒的毒瘤"。凡尔赛对公社的血腥镇压让他们两人都松了一口气：不仅是新兴的共产主义，而且所有的民主愿望都是一种堕落，必须从根上铲除。这就是为什么尼采长期对自下而上的平等化教育进行猛烈抨击时，只能主张回到绝对的精英主义学校。

首先，他抨击了当代语言，将其描述为新闻语言，即"一层黏稠的糨糊"，没有文化，没有风格。"认真对待你的语言。"他对同胞们说。甚至更进一步：应该鄙视记者，那些"一日的仆人"，那些"瞬间的主人"。他不怕表达自己对他们的语言有生理上的反感。

反教育始于要求学生描述自己的生活，表达自己的 "自由个性"。按照尼采的说法，他们完全没有能力这样做，这样做是让他们过早地受到重视。

在中学，人们认为每个人"无须进一步考查，都是有文学能力的人，有权对最重要的事物和人物发表个人意见，而正确的教育只应该竭尽全力来抑制想要自主判断的荒谬的企图"。

尼采认为，针对教育和大众文化的衰落，有必要回归到规则、语法和词汇。这是一个恢复严格顺从、服从和规训的问题。

在这位用锤子进行哲学研究的哲学家心中，这没有什么令人惊讶的：他想要重建贵族权威的执拗贯穿了他早期的著作。这些著作都不乏某种顺应特定环境和特定时代的因循守旧。

然而，比较奇特的是，他呼吁遵循大自然的密令。森林和岩石、暴风雨、秃鹰、孤独的花朵、蝴蝶、草地、山坡都有自己的语言，这些语言说给愿意倾听的人听，而那些听到的人，"不自觉地体验到大自然伟大的隐喻中万物形而上的统一"。要准确地听到这种语言，需要一点坦率和大量的无私。要相信自己的直觉，并知道如何记住直觉。尼采以另一种方式，动人地吐露真心话："真正有修养的人拥有这种好处无穷的能力，能够始终如一地坚守他童年的沉思本能……"

国家强加一种 "磨难"学校，与理想的文化机构相反，这种学校承诺培养公务员、商人和技术人员。教育受到大众驱动："一张嘴巴说话，许多耳朵倾听，少了一半的手书写 ——这就是投入运行的大学的文化机器。"

与这种平庸相对的是天才，是大自然选择的人，是严格的教育使其成熟的人。引导世界、创造、指导视听的任务落在他身上。他学会了思考，就像作为一名士兵学会走路一样，他恐慌地看到自己笨拙地把一只脚放在另一只脚旁边，然后再把一只脚放到另一只脚前面。这种学习以不懈的纪律为代价。现在，士兵们迈着优雅的步伐行进。

我们如何识别天才？他是由古希腊的确切记忆造就的。通过对古希腊世界的深刻了解，未来的天才才能 "真正将德国的最内在的存在与希腊的天才结合起来"。

尼采最后借这位老哲学家之口谈到音乐天才，即指挥家。指挥家用他的指挥棒制服了自由发挥时软绵绵、懒洋洋、敷衍了事、粗俗的音乐家们，使得音乐最终回归自身，表达出低沉的呻吟和崇高的喜悦。这是对一个管理良好的社会的完美比喻。

时光流逝，善待时光

　　酒保过来在他身边坐下，轻声说："来吧，告诉我一切，我是一个真正的秘密库。"

——迪伦·托马斯，《美丽的星期六》

　　2015 年 6 月 6 日。——四十四年过去了。我回到迪约勒菲，在小街上徘徊。我再次走在乡村周围狭窄的道路和小径上。我缓慢地行走，6 月初的高温令我疲倦。鸟儿们按着交响乐的顺序醒来了，第一批昆虫打破了寂静。灌木丛和干草的气味扑鼻而来。我踏上去维特鲁耶尔的路。

　　经过那一小排像蹲在小路边上的老橡树，我在它们旁边坐下。很久以前，我曾坐在这里，独自一人或和一个同学一起。我们啃着香肠，我们大声唱着歌。可能正是在这里，也许吧，诗意的本能向我展示出来，就像这样，不因为什么，就为这些雷电避开的，沐浴在泪水中的老橡树。

　　我低声问候它们，这些高大的树木为我提供了树荫和树叶温柔的沙沙声。我知道它们认出了我。在轻柔地抚弄着我的头的微风中，它们几乎没有抬起手臂。它们问候这个归来的孩子，这个苍白的诗人曾经来到这里，反复品味他的孤独。现在一切都回到了我身边。我的喉咙哽咽了，我感到胸口窒息。我爱这些树木和山丘，就像一个疯子爱他的神一样。说实话，正是这大自然使我忘记了上帝。大自然是世界的身躯，也是世界的灵魂。你只需相信它。

迪约勒菲：我的心曾在这里激烈地跳动。我呼吸着凛冽的地中海强风。我曾经历自由被支配的恐怖，以及任意选择的幻灭。但我也尝到了自由的滋味，最好的自由，那是我们在无忧无虑的长时间出走时获得的自由。巴枯宁说："别人的自由会无限增加我的自由。" 这可能是一句俏皮话。这是最美的信仰告白。但谁想听呢？

　　今晚天气温和。太阳在有淡紫色划痕的橙色天空中逐渐隐没。我的目光迷失在远方，停留在像饱食的动物一样伸展的森林背面。逝去的时间并没有丢失。它飞奔而归，这忧郁的旅程在我的大脑、神经和胃中展开。

　　我的青春来这里约会；它尖叫，它狂吠，它号啕大哭。这都是怀旧之情吗？也许有一点。很难说。时间是有弹性的。它延伸了。我重走过去的道路，而道路也重塑我。

　　我的生活鲜活地站在我面前，就像粉墨登场的悲剧女演员，在一个晚上上演了多余的一场。

　　我宽容地鼓掌。

资料来源

Gobineau
Œuvres, I, II et III
Édition établie par Jean Gaulmier
et Jean Boissel
Bibliothèque de la Pléiade,
Gallimard, Paris, 1983, 1987

Jean Boissel
Gobineau polémiste
Jean-Jacques Pauvert, Paris, 1967

Jean Boissel
Gobineau, biographie. Mythes et réalités
Berg International, Paris, 1993

Comte de Gobineau,
Mère Bénédicte de Gobineau *Correspondance,*
1872-1882
Mercure de France, Paris, 1958

Jacques-Napoléon Faure-Biguet
Gobineau
Plon, Paris, 1930

Richard et Cosima Wagner, Arthur Gobineau
Correspondance, 1880-1882
Librairie Nizet, Saint-Genouph, 2000

Friedrich Nietzsche
Écrits posthumes, 1870-1873
Gallimard, Paris, 1975

Friedrich Nietzsche
Correspondance, II,
Gallimard, Paris, 1986

Poètes baroques allemands
traduits et présentés par Marc Petit François
Maspero, Paris, 1977

注　释

1. 作者的《不确定宣言》系列第一卷于 2012 年出版，目前已出至第九卷。

2. 原文为"Loge P2"，指"Propaganda Due"，是成立于 1877 年的共济会大东方组织下的意大利支部。这是一个极右组织，后因违宪而转入秘密活动，成为一个假借"共济会"名义的秘密组织。

3. 伊西多尔·杜卡斯（Isidore Ducasse，1846—1870），出生于乌拉圭的法国诗人，以笔名洛特雷阿蒙伯爵（Comte de Lautréamont）闻名遐迩，著有《马尔多罗之歌》等诗歌杰作。

4. 瓦尔特·本迪克斯·舍恩弗利斯·本雅明（Walter Bendix Schoenflies Benjamin，1892—1940），德国学者，犹太人，被称为"欧洲的最后一位文人"。主要作品有《德国悲剧的起源》《发达资本主义时代的抒情诗人》《单向街》《巴黎拱廊街》等。本雅明的一生是一部颠沛流离的戏剧，他最后在西班牙边境的海边小镇布港镇自杀。他也是《不确定宣言》前三卷中最主要的主人公。

5. 科斯塔斯·帕帕约阿努（Kostas Papaïoannou，1925—1981），希腊裔法国哲学家和艺术史学家，以研究黑格尔以及马克思的作品而出名。

6. 威廉·福克纳（William Faulkner，1897—1962），美国作家，意识流文学在美国的代表人物，1949 年诺贝尔文学奖得主，其最著名的作品为小说《喧哗与骚动》（1929）。

7. 让·安泰尔姆·布里亚－萨瓦兰（Jean Anthelme Brillat-Savarin，1755—1826），法国政治家、律师、美食家。法国大革命时期曾在制宪议会任职，成为家乡的市长。法国大革命后期流亡瑞士、荷兰，之后又漂洋过海到了美国，在美国做过小提琴手。1796 年，萨瓦兰回法后继续政治生涯，成为受人尊敬的法官，同时开启美食家的事业，撰写了法国美食史上的经典著作《味觉生理学》。

8. 菜名多来自法国地名：勃艮第（Bourgogne）位于法国中部；卡斯泰尔诺达里（Castelnaudary）位于法国南部；普罗旺斯（Provence）位于法国东南部；洛林（Lorraine）和阿尔萨斯（Alsace）均位于法国东北部。

9. 《火枪手烹饪》是法国电视三台从 1983 年春到 1997 年秋播出的一档烹饪节目，由玛伊德（Maïté）和米舍利娜·邦泽（Micheline Banzet）共同主持。

10. 阿布鲁佐（Abruzzes）位于意大利罗马东部。

11. 玛格丽特王后（Marguerite Thérèse Jeanne de Savoie Gênes，1851—1926），意大利王后，她丈夫是意大利国王翁贝托一世。她以艺术和文学的赞助人而闻名。

12. 普利亚（Pouilles），位于意大利南部沿海地区，有"意大利靴跟"之称。

13. 克里斯蒂安·韦尼克（Christian Wernicke，1661—1725），德国外交官、讽刺诗人。

14. 特内里费岛（Tenerife）是西班牙加那利群岛（Canaries）中最大的岛屿，位于非洲西海岸外。

15. 圣克鲁斯港（Santa Cruz），特内里费岛的港口。

16. 原书中叙事与日记体交叉，具体日期、地名之后通常是日记体，原作者用"——"将日记内容与日期或地名隔开。

17. 比雷埃夫斯港（le port du Pirée），雅典的主要港口，也是希腊第一个港口和主要工业中心。

18. 约拿是圣经里的人物。上帝耶和华派约拿去亚述的尼尼微，劝人改邪归正。约拿却上了一艘船逃走。船行驶时，海上狂风大作。约拿认为这是上帝对他的惩罚，让船员把他扔到海里。风暴果然停止。上帝让一条大鱼游过来，把约拿吞入腹中。他在鱼腹中祷告三天后，大鱼把他吐在陆地上。上帝再次派他去尼尼微。尼尼微人听从约拿的劝告悔过自新。

19. 累西腓（Recife），巴西伯南布哥州的首府，是巴西最古老的州府，建立于 1537 年。

20. 萨尔瓦多（Salvador），巴西巴伊亚（Bahia）州首府，位于巴西东北部，因葡萄牙殖民时期的建筑、非裔巴西人的文化以及热带海岸线而闻名。

21. 阿瑟·德·戈比诺（Arthur de Gobineau, 1816—1882），又称戈比诺伯爵，法国外交官、政治家、浪漫主义作家、论战杂文家以及古伊朗历史和语言学家。他最著名的著作是《论人类种族的不平等》（1855）。在这部著作中，他通过建立所谓的种族和种族人口学来支持种族主义，并提出了雅利安人种优越性的假说。这部著作备受争议，有人认为这是一部文学作品，是一部描述不可逆转的人类颓败过程的史诗，也有人坚称这部著作在种族主义理论发展中起了不可忽视的作用。

22. 查尔斯·傅立叶（Charles Fourier, 1772—1837），法国哲学家，空想社会主义的创始人之一。

23. 马克斯·施蒂尔纳（Max Stirner, 1806—1856），又名约翰·卡斯帕·施密特（Johann Kaspar Schmidt），德国哲学家，青年黑格尔派。他是反自由主义者，其哲学主要体现在他的哲学作品《唯一者及其所有物》中。他的哲学观被认为对虚无主义、存在主义和无政府主义的发展产生了重要影响。

24. 米哈伊尔·亚历山大维奇·巴枯宁（Mikhaïl Aleksandrovitch Bakounine, 1814—1876），俄国革命家、无政府主义理论家和哲学家。

25. 修昔底德（Thucydides, 前 460—前 400？），古希腊历史学家、思想家，被称为"科学历史"之父和政治现实主义学派奠基人，以《伯罗奔尼撒战争史》传世。该书记述了公元前 5 世纪斯巴达和雅典之间的战争。

26. 维吉尔（Vergil, 前 70—前 19），古罗马诗人，著有《牧歌集》《农事诗》和史诗《埃涅阿斯纪》三部杰作。维吉尔被认为是古罗马最伟大的诗人之一，也因在《牧歌集》中预言耶稣诞生而被基督教奉为圣人。他影响了贺拉斯、但丁和莎士比亚等作家。在但丁的《神曲》中，维吉尔曾作为但丁的保护者和导师出现。

27. 尼科洛·迪·贝尔纳多·代·马基雅维利（Niccolò di Bernardo dei Machiavelli, 1469—1527），文艺复兴时期意大利哲学家、历史学家、政治家、军事家和外交官，被称为近代政治学之父。他的《君主论》一书提出的"政治无道德"的权术思想，被称为"马基雅维利主义"。另一著作《论李维》则提及了共和主义理论。他的《兵法》一书奠定了其西方军事家的地位。

28. 阿尔弗雷德·罗森堡（Alfred Rosenberg, 1893—1946），德国政治家、建筑师和散文家，纳粹主义理论家之一。第二次世界大战期间，他曾任第三帝国东部占领区部长。他是在纽伦堡审判中被判处死刑的主要战犯之一，被处以绞刑。

29. 泛日耳曼主义始于 19 世纪六七十年代，是以德语区居民实现政治统一为目标的理论和主张，后来成为反映德国大资产阶级和容克地主扩张野心的沙文主义思潮和运动。19 世纪末，它从宣扬日耳曼民族至上发展成为极端沙文主义、帝国主义和极端反犹主义。

30. 尼古拉·布维耶（Nicolas Bouvier, 1929—1998），著名瑞士旅行文学家、摄影师和肖像画家。他是法语世界重要的旅行作家之一，代表作《世界之道》在西方旅行文学中占据独特的地位。

31. 达夫雷城（Ville-d'Avray），位于法国法兰西岛地区的小镇。

32. 加斯科涅（Gascogne），法国西南部的一个地区，位于法国今天的新阿基坦大区。他们的语言可能与现代巴斯克语有关联。

33. 指原加勒比海地区法属殖民地圣多明戈。1804 年 1 月，法属圣多明戈宣布独立建国，即海地。

34. 克里奥尔人，这里指讲法语与西班牙语混合语的黑白混血儿。

35. 圣西尔军校（École spéciale militaire de Saint-Cyr）由拿破仑始创于 1802 年，因原校址在巴黎郊外凡尔赛宫附近的圣西尔而得名，是法国最重要的军事学院。第二次世界大战后，军校新址位于雷恩市（Rennes）郊外的盖尔镇（Guer）。

36. 伊希斯（Isis）是一个拟人化的古埃及女神，她的名字的象形文字是在她头上的一个宝座。伊希斯女神可能是埃及万神殿中最受欢迎的神灵。

37. 《两个世界杂志》（Revue des Deux Mondes），法国文学和思想杂志，创办于 1829 年，是至今仍在发行的期刊之一。

38. 卡波狄斯特里亚斯（Kapodistrias，1776—1831），希腊政治家，1827 年被希腊国民议会选举为共和国临时总统，1831 年被暗杀。

39. 约翰·戈特利布·费希特（Johann Gottlieb Fichte，1762—1814），德国哲学家，康德和黑格尔哲学之间的过渡人物，主张研究人的内在意识，被认为是唯心主义哲学的主要奠基人之一。费希特也涉及道德哲学和政治哲学，建立了国家理论，因此亦被认为是德国国家主义之父。

40. 弗里德里希·威廉·约瑟夫·冯·谢林（Friedrich Wilhelm Joseph von Schelling，1775—1854），德国哲学家，是德国唯心主义发展中期的主要人物，在费希特和黑格尔之间承前启后。他对数学、医学、物理学和神学都有过深入研究，其自然哲学受到了浪漫派和大诗人歌德的欣赏，对德国自然科学界产生过影响。

41. 威廉·戈德温（William Godwin，1756—1836），英国记者、政治哲学家、小说家。被认为是功利主义最早的诠释者之一和无政府主义的现代倡导者之一，他在文学、历史和人口学等方面的著作颇丰，对英国文学与文化有着举足轻重的影响。他的女儿玛丽·雪莱是《科学怪人》一书的作者，是英国著名诗人雪莱的妻子。

42. 大卫·休谟（David Hume，1711—1776），苏格兰历史学家、哲学家、经济学家和随笔作家，苏格兰启蒙运动以及西方哲学历史中最重要的人物之一，与约翰·洛克（John Locke）及乔治·贝克莱（George Berkeley）并称英国"三大经验主义者"。

43. 马提尼克（Martinique），位于中美洲加勒比海，是法国的一个海外大区。

44. 让·安塞尔姆·布瓦塞尔（Jean Anselme Boissel，1891—1951），法国建筑师、记者和极右翼政治活动家，他支持反共济会、反议会和反司法，创立了法国阵线和总部设在巴黎的期刊《人民的复兴》。战后因曾与纳粹德国合作被判处死刑，但在狱中死亡。

45. 秩序党是 1848 年法国第二共和国时期保守派人士的非正式团体，成员正如其名称所示，宣称拥护秩序、安全和良好的道德。

46. 第一届奥迪隆·巴罗（Odilon Barrot，1791—1873）政府于 1848 年 12 月路易·拿破仑·波拿巴当选总统后第二天成立。1849 年 5 月立法议会选举后的第二天终止。巴罗首相随后组建新政府，政府成员来自秩序党，该党在 1848 年 12 月的总统选举中支持路易·拿破仑·波拿巴的候选资格。

47. 日耳曼邦联根据维也纳会议成立，存在于 1815—1866 年，是结构相对松散的全德意志国家组织，旨在团结 1806 年神圣罗马帝国解散后余下所有的德意志邦各州和国家。日耳曼邦联存在期间，德意志统一运动风起云涌。1866 年普奥战争结束，日耳曼邦联解散，普鲁士统一德国。

48. 休斯顿·斯图尔特·张伯伦（Houston Stewart Chamberlain，1855—1927），德国英裔政治哲学、自然科学及瓦格纳传记作家，被称为"种族主义者"。1908 年，他与瓦格纳的女儿结婚。其著作《19 世纪的基础》成为 20 世纪泛日耳曼主义运动的重要参考文献，也是后来纳粹种族政策的重要文献来源。

49. 日耳曼人、凯尔特人和斯拉夫人在古罗马时期被称为欧洲的三大蛮族，也是现今欧洲人的代表民族。法兰克人是公元五世纪入侵西罗马帝国的日耳曼民族的一支，占领现为法国和德国的地区，建立了中世纪初西欧最大的基督教王国。伦巴第人是一个古老的日耳曼民族，被认为起源于斯堪的纳维亚半岛南部。公元一世纪，这个民族越过波罗的海，在易北河畔定居，并在那里与当地的日耳曼人融合。

50. 让·戈尔米耶（Jean Gaulmier，1905—1997），法国著名东方学教授和作家，戈比诺专家，对东方充满热情。

51. 科西玛·瓦格纳（Cosima Wagner，1837—1930），又名弗朗西斯卡·盖塔娜·科西玛·李斯特（Francesca Gaetana Cosima Liszt），著名作曲家和钢琴家李斯特之女，著名德国作曲家理查德·瓦格纳的第二任妻子。

52. 彭甸沼地是意大利中部拉齐奥地区的一个前沼泽地区域。

53. 原文书名：*Histoire d'Ottar Jarl, Pirate norvégien, conquérant du pays de Bray, en Normandie et de sa descendance*。1879 年第一次出版。

54. 锡拉库萨（Syracuse），意大利西西里岛南部的一座古城，旧称叙拉古。

55. 苏非主义，即"苏非派"，是伊斯兰教的密契主义，是追求精神层面提升的伊斯兰教派别之一，奉行苦行禁欲，相信通过冥想及导师即可接触到安拉。

56. 乔治一世（Georgios A'Vasileus ton Ellinon，1845—1913），希腊国王，在位 50 年间希腊建立了较为民主的君主立宪制政体。通过与奥斯曼帝国的几次战争，领土得到增加，特别是由于 1896 年夏季奥林匹克运动会在希腊雅典召开，希腊王国的国际地位得到提升。1913 年乔治一世遇刺身亡，结束了他长达半个世纪的统治。

57. 克里特岛是希腊第一大岛，位于爱琴海南部，战略位置重要，17 世纪中叶被奥斯曼帝国占领。此处指 1866 年克里特岛爆发的反抗奥斯曼帝国的大起义，希腊派兵支援。1869 起义被奥斯曼帝国镇压，此次希腊收回克里特岛的图谋失败。

58. 多姆·佩德罗二世（Dom Pedro II，1825—1891），巴西第二任也是末代皇帝，统治巴西帝国 58 年。统治期间，他曾镇压了共和运动和起义，1888 年宣布废除奴隶制。在他统治时期巴西资本主义经济有所发展，工农业生产显著增长。他注意发展教育事业，对外重视发展同欧洲和美国的关系，但对邻国进行扩张。因连年征战，民怨沸腾。1889 年，他在军队与共和党人联合发动的政变中被推翻后流亡欧洲，1891 年在巴黎去世。

59. 博韦（Beauvais），法国北部上法兰西大区瓦兹省的一个市镇，是该省的省会和该省人口最多的城市。

60. 指 1871 年 5 月 21 日到 5 月 28 日法国政府镇压巴黎公社的"五月流血周"。

61. 卡利古拉（Caligula，12—41），罗马帝国第三任皇帝，被认为是罗马帝国早期典型的暴君。

62. 梯也尔（Thiers，1797—1877），法国政治家、历史学家，七月王朝时期路易 – 菲利普的首相，在第二帝国灭亡后，再度掌权，因镇压巴黎公社而知名。

63. 伯拉纠（Pelagius，360？—430？），英国神学家。精通拉丁文和古希腊文。384 年赴罗马，411 年移居耶路撒冷。伯拉纠主义认为人性本恶，但可以借助受洗，因信而得以称义。他贬低上帝恩典的重要性，宣称没有上帝的帮助也可以得救。他由于异端的观点被开除教籍，但仍然赢得许多追随者。

64. 孟他努教由孟他努（Montanus）创立，约兴起于127年，在罗马帝国小亚细亚（今土耳其）一带的弗里吉亚地方盛行。孟他努受洗时，曾说方言并且宣告圣灵世代的降临，论及新耶路撒冷由天而降与千禧年快要开始。因此爆发了一场预言运动，吸引了东方教会中的广大信众。

65. 摩尼教（Manichaeism）又称明教、明尊教、末尼教等，源自古代波斯祆教，公元3世纪中叶由波斯人摩尼（Mani）所创立，在巴比伦兴起的世界性宗教。摩尼教主要吸收犹太教、基督教等教义而形成自己的信仰，传播到东方来以后，又染上了一些佛教色彩。

66. 卡特里派（Catharism），又称为纯洁派，是中世纪的一个基督教派别，受到摩尼教思想影响，兴盛于12世纪与13世纪的西欧，主要分布在法国南部。

67. 诺斯替派（Gnosticism），基督教异端派别，亦译"灵智派""神知派"，是2—3世纪罗马帝国时期在地中海东部沿岸各地流行的许多神秘主义教派的统称。

68. 撒伯里乌（Sabellius），生活在3世纪的基督教祭司与神学家，215年前后，在罗马生活及传教，据说他是一位来自利比亚的非洲人。撒伯里乌主张上帝拥有三种不同的外貌或面具，不同的时候以不同的姿态显现。他的神学主张被认为违反了三位一体教义，被判定为异端。

69. 奥菲派（Ophites），基督教诺斯替派的一个派别。

70. 塔西佗（Tacitus，55？—120？），罗马帝国执政官、雄辩家、元老院元老，也是著名的历史学家与文体家，他的最主要的著作有《历史》《编年史》等。

71. 色诺芬（Xenophon，前430？—前355或前354？），古希腊哲学家、神学家、诗人，以及社会宗教评论家，苏格拉底的弟子。色诺芬一生四处周游。著有《长征记》《拉西第梦的政制》《雅典的收入》《回忆苏格拉底》以及《希腊史》（修昔底德《伯罗奔尼撒战争史》之续编，叙事始于公元前411年，止于公元前362年）等。他客观记录自己的经历，表达个人对时人时事的看法，被认为是有史以来第一个新闻记者。

72. 利奥十世（Giovanni di Lorenzo de' Medici，1475—1521），佛罗伦萨共和国美第奇家族族长，教皇谱系上第217位教皇，即位后挥霍教廷公款，也慷慨动用私财，加速圣彼得大教堂工程进度，增加梵蒂冈藏书，使罗马再度成为西方文化的中心。宗教改革家马丁·路德在他任内贴出《九十五条论纲》，引发宗教改革，被利奥十世指定为异端。

73. 萨沃纳罗拉（Savonarola，1452—1498），意大利多明我会修士，从1494年到1498年担任佛罗伦萨的精神和世俗领袖。他以在虚荣之火事件中反对文艺复兴艺术和哲学，焚烧艺术品和非宗教类书籍，毁灭被他认为不道德的奢侈品，以及严厉的讲道而著称。他讲道往往直接针对当时的教宗亚历山大六世以及美第奇家族。萨沃纳罗拉因施政严苛而被佛伦萨的市民推翻，以火刑处死。

74. 切利尼（Cellini，1500—1571），意大利文艺复兴时期的金匠、画家、雕塑家、战士和音乐家，还写过一本著名的自传《致命的百合花：切利尼自传》（上海人民出版社，2008）。

75. 阿雷蒂诺（Aretino，1492—1556），文艺复兴时期意大利作家。他先后在罗马和威尼斯生活，多才多艺，出版有剧作、讽刺诗文和艳情十四行诗等作品。最著名的作品是《六日谈》。

76. 博尔贾（Borja，1475—1507），意大利文艺复兴时期的军官、贵族、政治人物和枢机主教，教宗亚历山大六世与情妇瓦诺莎·卡塔内之子。其父将教宗国内的一部分领土分赐给他。他在任期间扩大了教皇的政治权力并试图在意大利中部建立自己的公国。他的统治方式启发了马基雅维利的《君主论》。他的名声也主要归功于马基雅维利，后者在《君主论》中经常引用他的话。

77. 庇护九世，原名马斯塔伊·费雷提（Mastai Ferretti，1792—1878），意大利人，最后一任兼任世俗君主的教皇。

78. 卡罗琳・祖・赛恩－维特根斯坦（Carolyne zu Sayn-Wittgenstein，1819—1887），波兰贵妇，以与音乐家李斯特的 40 年恋情而闻名。她还是一位业余新闻记者和散文家。

79. 约瑟夫・欧内斯特・勒南（Joseph Ernest Renan，1823—1892），法国研究中东古代语言文明的专家、哲学家、作家。他以关于早期基督教及其政治理论的历史著作而著名。于 1862 年被聘为法兰西学院教授，次年发表《耶稣传》，强调耶稣的人性，被罗马教廷列为禁书。勒南 1878 年当选为法兰西学院院士，1883 年任法兰西学院院长。代表作有《卫城的祈祷》《什么是民族？》。

80. 南蒂罗尔（Tyrol du Sud），大部分为阿尔卑斯山地，位于意大利。

81. 温德拉敏宫，位于意大利威尼斯，许多名人在此居住。现在温德拉敏宫的建筑内有威尼斯赌场和瓦格纳博物馆。

82. 瓦恩弗里德别墅是德国作曲家理查德・瓦格纳于 1872 年至 1874 年在德国拜罗伊特为自己和家人建造的别墅，靠近他为自己的歌剧演出设计的节日宫殿，20 世纪 30 年代成为瓦格纳家族的客人留宿的地方，接待过阿图罗・托斯卡尼尼、理查德・施特劳斯等音乐家。希特勒也曾在此留宿。1945 年 4 月 5 日，该建筑被一枚燃烧弹摧毁。

83. 《莱茵的黄金》是瓦格纳作曲及编剧的歌剧《尼伯龙根的指环》中的第一部。

84. 克里斯蒂安・霍夫曼・冯・霍夫曼斯瓦尔道（Christian Hoffmann von Hoffmannswaldau，1616—1679），巴洛克时代的德国诗人，诗作大多以手稿形式流传，著有《德意志文集》。

85. 维托尔德・贡布罗维奇（Witold Gombrowicz，1904—1969），波兰小说家、剧作家和散文家，与卡夫卡、穆齐尔、布洛赫并称为"中欧四杰"。1939 年他因波兰被占领而流亡南美，1963 年回到欧洲。代表作品有《费尔迪杜凯》《横渡大西洋》和《巴卡卡伊大街》等。曾获福特基金会全年奖金和西班牙福门托国际文学奖。

86. 此处指《苏德互不侵犯条约》，是 1939 年 8 月 23 日苏联与纳粹德国在莫斯科签订的一份秘密协议。苏方代表为莫洛托夫，德方代表为里宾特洛甫。该条约划分了苏德双方在东欧地区的势力范围。这个条约造成日后苏德对波兰的侵略。条约的签署为苏联争取了更多时间备战，但也使波兰成为大国博弈的牺牲品。

87. 《捣蛋鬼》（The Katzenjammer Kids）是美国经典儿童漫画系列，由鲁道夫・德克斯（Rudolph Dirks，1877—1968）创作于 1897 年，1897 年 12 月 12 日首次刊登在《美国幽默大师》上。后来由哈罗德・克纳尔（Harold Knerr）继续绘制了 35 年（1914 年至 1949 年）。

88. 雷奥米尔（Réaumur，1683—1757），法国化学家、物理学家和博物学家。他对昆虫很有研究，著有六卷本《昆虫史记》。著名昆虫学家法布尔在他的《昆虫记》一书中就多次提到雷奥米尔。

89. 德拉古（Draco，公元前 7 世纪末），古希腊政治家、立法者，曾统治雅典。约公元前 621 年整理并写出一部完整的法典，该法典极其残酷，几乎所有罪行均处死刑。西方社会常会用"德拉古式"一词来形容严酷的法律或者法律裁决。

90. 梭伦（Solon，前 638？—前 559？），古代雅典的政治家、立法者、诗人，古希腊七贤之一。梭伦在公元前 594 年出任雅典城邦的执政官，制定法律，开始进行具有宪政意义的一系列经济、政治和社会改革运动，史称"梭伦改革"。梭伦改革是雅典城邦，乃至整个古希腊历史上最重要的社会政治改革之一，奠定了城邦民主政治，乃至西方民主政治的基础。他在诗歌方面也有成就，诗作主要是赞颂雅典城邦及法律。

91. 克里斯提尼（Clisthène），古代雅典政治家、改革家。公元前 509 年联合平民推翻贵族统治，并当选为首席执政官，公元前 508 年他在梭伦改革的基础上对雅典的政治机构进行了进一步的社会改革，建立了奴隶主民主政治。

92. 伯里克利（Périclès，前495?—前429），是雅典黄金时期（希波战争至伯罗奔尼撒战争）具有重要影响的政治家、演说家和将军。他在希波战争后的废墟中重建雅典，扶植文化艺术，现存的很多古希腊建筑都是在他的时代建造的。他的时代也被称为伯里克利时代，培育了当时被认为激进的民主力量，产生了苏格拉底、柏拉图等一批哲学家。

93. 德摩斯梯尼（Démosthène，前384—前322），古希腊著名演说家、民主派政治家。早年学习修辞，继而从事政治活动，极力反对马其顿入侵希腊，发表《斥腓力》等演说，谴责马其顿王腓力二世的扩张野心。传说他先天口吃，于是含着石子诵诗，训练口齿，又到浪声呼号的海边去练习演说，增强声量。他有大量作品传世，今存演讲词约60篇，系古代雄辩术的典范。

94. 居伊·德波（Guy Debord，1931—1994），法国思想家、导演、社会活动家和情境主义代表人物，20世纪最重要的左翼知识分子活动家之一。其代表作是批判战后资本主义社会中消费主义的《景观社会》。

95. 安东尼奥·德·奥利维拉·萨拉查（António de Oliveira Salazar，1889—1970），葡萄牙总理，统治葡萄牙达36年之久。作为葡萄牙的独裁领导者，他一生备受争议。

96. 指希腊军政府时期，即右翼军事政权统治希腊的期间。始于1967年4月21日清晨希腊军方发动政变，结束于1974年7月。前后共七年。军政府别名为上校政权。

97. 亚历山大·萨瑟兰·尼尔（Alexander Sutherland Neill，1883—1973），苏格兰教育家和作家，以他与其他人创办的学校夏日山庄，及其摆脱成人胁迫和社区自治的教育理念而闻名。尼尔写了20本书，最畅销的是1960年的《夏日山庄》。该书自20世纪60年代起，在自由学校运动中被广泛阅读。

98. 博尔达斯（Bordas）是法国的一个教科书和字典出版品牌。由博尔达斯兄弟创立于1946年，专门出版从幼儿园到高中的教科书、课外教育读物、词典以及其他文化参考书。

99. 帕斯卡尔·豪瑟曼（Pascal Haüsermann，1936—2011），瑞士乌托邦建筑师，专门从事泡沫房屋和有机建筑的设计与建筑，是流体建筑的先驱。他的大部分作品都建造在法国罗纳 – 阿尔卑斯地区。

100. 路易·阿拉贡（Louis Aragon，1897—1982），法国诗人、作家、政治活动家。年轻时学医。第一次世界大战中在陆军医院服役。1920年弃医从文，成为超现实主义派作家。1930年访苏归来后成为共产党人，在文学创作上转向社会主义现实主义。后成为共产党文艺周刊《法兰西文艺报》的主编。著有诗歌《断肠集》《法兰西的晓角》、长篇小说《现实世界》（4卷）、《共产党人》（6卷）、《受难周》等上百种作品。

101. 艾尔莎·特里奥莱（Elsa Triolet，1896—1970），出身于莫斯科犹太人家庭，能讲一口流利的德语和法语，毕业于莫斯科大学建筑系，并精通钢琴。艾尔莎是第一个将马雅可夫斯基的诗以及其他文章翻译到法国的作家。1918年俄国内战后，艾尔莎移民到法国。1928年，艾尔莎认识法国作家路易·阿拉贡，之后结婚，一起生活了42年。艾尔莎·特里奥莱是第一位被授予龚古尔文学奖的女作家。

102. 戴维·罗伊·埃尔德里奇（David Roy Eldridge，1911—1989），被称为"小爵士"，是美国小号手、歌手和爵士乐队领队，他是古典爵士乐，又称摇摆乐领域最重要的人物之一。

103. 吉米·亨德里克斯（Jimi Hendrix，原名James Marshall，1942—1970），美国吉他手、歌手、作曲人，被公认为摇滚音乐史上最伟大的电吉他演奏者。

104. 里奇·哈文斯（Richie Havens，1941—2013），美国歌手、作曲家和吉他手。他的音乐包含了民谣、灵魂、节奏和蓝调的元素，是伍德斯托克音乐节的开场演员。

105. 琼·贝兹（Joan Baez, 1941—），美国民谣女歌手、作曲家。她的很多作品都与时事和社会问题有关，1960年代活跃于反战运动。

106. 约翰尼·温特（Johnny Winter, 1944—2014），与其弟埃德加·温特（Edgar Winter）同是美国著名的蓝调摇滚音乐人，兄弟二人均患有白化病。在20世纪70年代早期，约翰尼·温特是最受欢迎的现场音乐人之一。他吸食海洛因成瘾，之后又长期同酗酒和毒品做斗争，也引起广泛关注。

107. 詹尼斯·乔普林（Janis Joplin, 1943—1970），美国歌手、音乐家、画家和舞者。她在1960年代以大哥控股公司乐队主唱之姿崛起，有"蓝调天后"之称。1970年10月4日，乔普林因服食过量海洛因逝世，年仅27岁。

108. 谁人乐队（The Who）是一支英国摇滚乐队，成立于1964年，是最受欢迎的摇滚乐队之一，被形容为"可能是史上最佳的现场演出乐队"。

109. 《切腹》（Hara-Kiri）周刊是一本法国讽刺幽默杂志，由漫画家弗朗索瓦·卡万纳（François Cavanna）和喜剧演员、幽默作家戈尔热·贝尼耶（Gorget Bernier）等创办于1960年，是《查理周刊》的前身。

110. 雷塞（Reiser, 1941—1983），法国报刊和连环画漫画家，因其激进的幽默漫画而闻名。

111. 弗朗索瓦·卡万纳（François Cavanna, 1923—2014），法国作家和讽刺新闻编辑，参与创建和组织杂志《切腹》和《查理周刊》，曾任《查理周刊》主编，并写了多种类型的专栏，包括报道、讽刺文、议论文、小说、传记和幽默散文。他还翻译了六部书籍。

112. 德勒菲尔·德·东（Delfeil de Ton, 1934—），法国著名新闻记者，《切腹》周刊创刊时的记者和编辑之一。也曾任《查理周刊》主编。

113. 让–克洛德·富尼耶（Jean-Claude Fournier, 1943—），法国漫画家和电影家。因1969—1979年间参与创作《斯皮鲁和范塔西奥》（Spirou et Fantasio）漫画系列而成名。

114. 热贝（Gébé）原名乔治·布隆多（Georges Blondeaux, 1929—2004），法国漫画家。热贝的名字因其漫画《01年》而为大众所熟知，该漫画被改编为电影。

115. 乔治·大卫·沃林斯基（Georges David Wolinski, 1934—2015），法国漫画家。于2015年1月7日与《查理周刊》其他同事在一起恐怖枪击事件中身亡。

116. 指戴高乐总统的故乡科龙贝双教堂村。

117. 《01年》是热贝的新作。

出版后记

法国作家、艺术家费德里克·帕雅克的《不确定宣言》是 21 世纪第二个十年中令世界瞩目的出版现象，一共九卷，从 2012 年到 2020 年陆续出版，在出版的过程中就斩获了欧洲三大奖项：2014 年获美第奇散文奖，2019 年获龚古尔传记奖，2021 年获瑞士文学大奖。

龚古尔文学奖得主莱拉·斯利马尼评论道："《不确定宣言》的写作基于详实的文献资料，它能给您非常多的东西，但它的美并不在于此。它的力量源自作者独到的视角——作者以极为个性化、恣意洒脱且自由不羁的方式走向另一位艺术家。他的《不确定宣言》在拒绝一切观念学说、一切确定性的同时，赋予怀疑与裂痕以无上特权。当我们再抬起眼，我们会发现世界的美与荒延比任何时候都要明晰。"

2021 年秋，后浪引进出版了《不确定宣言》为瓦尔特·本雅明立传的前三卷，受到广泛关注，年终时不仅入围《新京报》年度阅读推荐榜，还被评为该报年度好书。为了向中国读者完整呈现《不确定宣言》的艺术思想、艺术风格和艺术成就，后浪将继续出版余下的六本，各卷（副书名均为后浪编辑所加）内容如下：

第 1—3 卷《本雅明在伊比萨岛》《本雅明在巴黎》《本雅明在逃亡》。以三卷本为瓦尔特·本雅明立传。

第 4 卷《不可救药的戈比诺》。描述了法国贵族、精英主义者阿瑟·德·戈比诺的一生。

第 5 卷《凡·高画传》。对凡·高的孤独奇遇进行了全方位的描述。

第 6 卷《帕雅克之伤》。这是一本作者的自传。

第 7 卷《狄金森，茨维塔耶娃》。讲述两位传奇和悲剧的女诗人的人生故事。

第 8 卷《记忆地图》。将传记、自传和小说交织在一起的作品，描述记忆的不确定性带来的痛苦和狂喜。

第 9 卷《与佩索阿一起》。见证 20 世纪最著名的葡萄牙作家费尔南多·佩索阿的传奇一生。